ALFAGUARA

Anne aquí, Sélima allí

Marie Féraud

Traducción de Elena del Amo

ALFAGUARA

TÍTULO ORIGINAL:
ANNE ICI, SÉLIMA LÀ-BAS

ALFAGUARA

1993, Santillana, S. A.
Elfo, 32. 28027 Madrid
Teléfono 322 45 00

• Aguilar, Altea, Taurus, Alfaguara, S. A. de Ediciones
Beazley, 3860. 1437 Buenos Aires

• Aguilar, Altea, Taurus, Alfaguara, S. A. de C. V.
Avda. Universidad, 767. Col. Del Valle,
México, D.F. C.P. 03100

I.S.B.N.: 84-204-4886-9
Depósito legal: M. 37.879-1995

Primera edición: 1993
Tercera reimpresión: noviembre 1995

Una editorial del grupo **Santillana** que edita en:
España • Argentina • Colombia • Chile • México
EE.UU. • Perú • Portugal • Puerto Rico • Venezuela

Diseño de la colección:
JOSÉ CRESPO, ROSA MARÍN, JESÚS SANZ

Impreso sobre papel reciclado
de Papelera Echezarreta, S. A.
Printed in Spain

Anne aquí, Sélima allí

Anne aquí...

El día que empezaba el Liceo decidí llamarme Anne.

Aquel día maté a Sélima. Martine, que repetía curso, vino a sentarse a mi lado porque yo parecía seria y ella no tenía gana de repetir, otra vez, al año siguiente. Inmediatamente me preguntó:

–Y tú, ¿cómo te llamas?

–Anne, Anne Jelloud –respondí, y no recuerdo haber dudado ni por un instante.

Mentalmente repetí «Anne, Anne, Anne...», más de una docena de veces. Estaba contenta. Muy, muy contenta.

Había sido admitida en el Liceo por los pelos. Gracias a mis profesores del CES* Langevin, que se habían dado cuenta de que alumnos como yo no se encuentran todos los días. Esa clase de alumnos –buenas personas, incondicionales, a los que se tiene en el bote desde el primer día con una sola mirada un poco firme– son los que dan sentido a su trabajo. Yo siempre he sido lo que los profesores llaman en sus reuniones «una alumna seria».

---

* CES: Certificado de Estudio Superior, que en Francia equivale a la Enseñanza Secundaria, antes del Bachillerato. *(N. de la T.)*

«Alumna seria» eso es lo que ha caracterizado mi vida escolar. Mi padre no cabía en sí de orgullo cuando leía, tomándolos al pie de la letra, los comentarios del departamento de orientación pedagógica. Yo también. «Sélima es una alumna sumamente estudiosa, seria y aplicada, claramente inteligente pero con grandes dificultades en la expresión oral y escrita.» Y para poder pagarme clases de expresión oral y escrita mi padre hizo horas extraordinarias en su taller. Él no sabía leer entre líneas; yo tampoco. Mi «clara inteligencia», en la mente del departamento de orientación, debía parecerse a un manto freático muy, muy subterráneo, perdido bajo capas y capas de dificultades de todas clases. Pero precisamente esos mantos son los que hacen la felicidad de los geólogos-pedagogos de vocación... ¡Cómo debieron admirarse mis profes de su constancia! Mi paso al Liceo debió ser una recompensa que se atribuían a sí mismos.

Pero aquello venía de atrás. Por ejemplo en séptimo, tuve un profesor de Lengua que me explicaba pacientemente:

—Sélima, pequeña, tienes que olvidar tu lengua materna cuando entres en clase... Nadie pone en duda que es una bella lengua, pero piensa en un pastel, una tarta por ejemplo, una tarta en la que sustituyéramos el azúcar por la sal... Tendría un sabor malísimo, ¿no crees...? Ahora imagina que el francés es una tarta. Utiliza azúcar y no sal... Notarás que tiene un sabor maravilloso y ya no querrás probar otra.

Yo contestaba «sí, sí», sin entenderlo del todo. Y con habilidad me enseñó a «salar» menos mis redacciones. A final de curso ya no confundía el presente y el futuro como en árabe y colocaba los adjetivos casi correctamente.

Pero como no se puede aprender todo a la primera, mi vocabulario siguió siendo bastante pobre.

Porque en nuestros HLM* no es muy amplio y queda reducido a lo estrictamente necesario. Cuando la discusión amenaza con eternizarse, utilizamos expresiones en nuestras lenguas maternas... Por eso conozco montones de expresiones en árabe, en portugués, en italiano..., aprendidas de mis vecinos.

Sin embargo, el día en que empecé a descubrir las faltas gramaticales de los demás niños inmigrantes del barrio en que vivo, creí que estaba salvada. Y seguramente tenía razón porque, en esa época, en el CES teníamos que someternos a una selección en toda regla. Aunque a la mayoría le importaba un bledo. Djawed, por ejemplo —hablo de él porque ocupa un lugar importante en esta historia—, tenía dos años más que yo y era el más chiflado de todos. Para celebrar sus dieciséis años, él y su pandilla derribaron las aulas prefabricadas donde daban clase. Y cuando digo que derribaron, no hablo de tres cristales rotos, sino de que realmente derribaron las puertas e incluso las paredes, en una palabra, todo lo que antes se mantenía en pie acabó por los suelos. Tardaron una semana en arreglar los desperfectos y, el mismo día del destrozo, al salir de clase, y después de que entraran los policías y los bomberos, empezaron a insultar a los profesores en árabe. A mí nunca me había dado vergüenza ser árabe, pero aquel día sí. Sentí una rabia profunda y me enfrenté a ellos con un grupo de alumnos franceses. Protegimos a los profesores de sus tirachinas mientras esperábamos la llegada de la policía.

En aquel momento, y delante de los «franchutes», como él les llama, Djawed ni rechistó. Pero por la tarde, me acorraló en la escalera de mi casa. Estaba

---

* HLM: Hébergement à Loyer Moyen (Alojamiento de Alquiler Medio). Bloques de edificios subvencionados por el Estado, con viviendas de pocos metros cuadrados, donde se hacinan los inmigrantes. *(N. de la T.)*

rojo de ira y sólo el miedo a los vecinos le impidió lanzarse sobre mí:

—¡Eres, eres una pelotillera! ¡Una infame traidora!... ¡Si fueras un chico, te estamparía la cabeza contra la pared!

Yo estaba muerta de miedo, pero me aparté de él sin temblar.

—No te tengo miedo. No eres más que un gamberro. Si sigues molestándome se lo digo a mi padre y a mis hermanos. ¡Déjame pasar!

Y eché a correr escaleras arriba. Estaba en el primer piso cuando le oí gritar:

—¡Sí, vete, llama a tu padre! ¡Ya verás cuando le cuente que eres peor que los franceses, más francesa que ellos! ¡Lameculos!

Entré en casa muy alterada, furiosa contra Djawed y su pandilla. ¡Me hubiera gustado acabar con todos! Saboreaba con intenso placer el hecho de que nada podían contra mí a pesar de sus amenazas. Mi padre era árabe. Mi madre también. ¡Mis hermanos y yo, lo mismo! Eso me aseguraba la impunidad; podían escupir su veneno, me importaba un bledo. No me planteé saber por qué las palabras de Djawed me habían hecho tanto daño. Le odiaba.

Luego pasó el tiempo y fui al Liceo. Casi había olvidado a Djawed y los demás. Había alcanzado la luna. Era la primera argelina de Pierrefont que había superado todos los obstáculos del CES —¡y eran muchos!— gracias a mi carita de niña buena y a la inaudita comprensión de mi padre. Entonces, en secreto, empecé a acariciar, como se dice vulgarmente, «locas ambiciones». Me moría de ambición. Justa compensación al desierto de mi vida de estudiante.

«Todo lo que sus hermanos no han podido hacer, lo hará la pequeña», explicaba mi padre a mi madre en árabe.

Mi madre decía «sí» con la cabeza y me miraba con asombro. A ella la habían casado a los dieciséis años y no entendía que mi padre se preocupara tanto por mí. Pero él estaba dispuesto a hacer horas extraordinarias en su taller para pagarme las clases particulares.

A veces, cuando estaba sola con mi madre, le preguntaba:

—Y tú, ¿estás contenta de que vaya al Liceo?

—Estoy contenta, sí... Pero tus hermanos no han tenido suerte... Larbi está en el paro... Y ellos, son hombres...

No me miraba a los ojos y se iba a suspirar a la cocina.

En algunos momentos, pensé que lamentaba que «la suerte» hubiera caído sobre mí y no sobre mis hermanos. Realmente, ¿de qué sirve en nuestro ambiente que una chica estudie en el Liceo cuando a dos hombres de la familia les resulta tan difícil encontrar un empleo?

Mira, otra vez se ha puesto a llover... Se está empapando el balcón... Mañana abandonaré Marsella bajo la lluvia, porque no parece que vayan a acabar nunca las lluvias de primavera... De todas formas, esta noche no me apetecerá abrir la ventana para mirar los agujeros luminosos en la torre de enfrente, o para escuchar en la oscuridad, como estos últimos meses, a Djawed y a los otros matando el tiempo bajo los soportales.

Mañana me voy de Francia. Quizá tenga tiempo de ver desde allá arriba nuestros HLM convertidos en barrizales. El guardia se irá todo el día a la ciudad para huir de los vecinos que seguirán reclamando que asfalten a voz en grito... Con cada aguacero, la misma canción: peticiones y más peticiones para que pavimenten las calles del barrio. Todos dicen que el barro es malsano. ¿Es verdad? Antes, yo también reclamaba asfalto, asfalto muy negro entre las torres, asfalto liso y duro, que pareciera que elevaba a los HLM sobre el lodazal. Creen poder sanearlo con el asfalto... Yo también lo pensaba. Ahora, opino que hay que derribar el barrio entero. Dejar el lodazal donde está y construir nuestras casas más arriba, en la colina, desde donde veríamos el mar a través de los pinos...

También llovía mucho aquel comienzo de curso en que decidí cambiar de nombre. Había dado la lata a mi madre para que me comprara unas botas con suela de goma y unos vaqueros. Conseguí las botas, porque había barro, pero los vaqueros no... Mi padre no quería, decía que eran de mal gusto. A pesar de todo les pedí unos pantalones largos y aceptaron con la condición de llevarlos con una blusa que llegara hasta las rodillas.

Y a Martine, aquella mañana, le respondí «Anne», sin vacilar.

Anne... Me gustaba el nombre, un nombre de alumna brillante, un nombre bretón o inglés. Una palabra viva y fría. Todo lo que yo no era. ¿Razones para el cambio de nombre? ¡Las tenía a espuertas!

En mi CES de Pierrefont, Sélima formaba parte del decorado. En el recreo, también se oía «Zora, Farah, Mimouch, Larbi, etc...» Pero aquí, en el Liceo, era como ser un pájaro exótico en medio de una bandada de gorriones que se llamaban Jean, Marie-Claire, Eric, Julie...; sólo mi nombre bastaba para hacerme sentir aislada. Y yo lo que quería era borrar la diferencia, deseaba profundamente que el pájaro exótico perdiera sus colores, deseaba también cortar sus alas para que los demás le hicieran un poco de sitio entre ellos. Sélima quizá me hubiera ayudado antaño a justificar mis «dificultades de alumna inmigrante y, por tanto, inadaptada». Pero ése ya no era el caso, pensaba yo, al aceptarme en el Liceo me habían concedido el derecho a ser como los demás.

Pero Anne... Yo sabía que Anne me ayudaría a integrarme. Con ella, los profesores se mostrarían más exigentes, más objetivos, menos dispuestos a «desbordar-comprensión-para-la-pobre-pequeña-que-ya-tiene-tantos-problemas-y-a-la-que-no-se-puede-pedir-lo-imposible-¿verdad?»

¡Pero yo quería que me pidieran lo imposible! Anne era un buen comienzo y, además, completamente nuevo.

No tuve, pues, ningún escrúpulo al corregir mi nombre cuando los profesores desfilaron aquel día con su cuaderno de clase y su aspecto cansado. Maté a Sélima sin remordimientos.

Esta noche, ante mi abarrotada maleta y el billete de avión sobre ella, pienso en mañana... Mañana, cuando aterrice en Argel, el hermano de mi padre dará la bienvenida al país a una sobrina que no conoce, a la que no ha visto jamás. Y yo le diré, recuperando mi nombre: «Sélima, soy Sélima, tío...»

Desde el día en que maté a Sélima hasta esta tarde, esta noche más bien, en que oigo cómo la lluvia empapa el balcón, han pasado montones de cosas. Siempre es difícil contarse a uno mismo la propia historia. Un poco presuntuoso además, pero sienta bien. Y aunque la mayoría de los acontecimientos han quedado enterrados en mi cabeza, hay algunos que marcaron esa época con un hierro candente y que nunca podré olvidar.

Hoy me pregunto cómo pude vivir dos años y medio como una cobaya de laboratorio a la que se mantiene con vida por exigencias de la investigación científica... No hace tanto que desperté. Pero me llevó tiempo, exactamente dieciocho años y tres meses. Dieciocho años para descubrir quién soy y qué imagen me gustaría que tuvieran de mí los demás.

En primer lugar tuve que ganar el derecho a ser como todo el mundo para después ganar el derecho a ser yo misma. ¡Que lo entienda el que pueda!

Durante aquellos dos años, me lo tragué todo sin seleccionar previamente nada. Tras cortarme las alas, devoraba todo lo que oía, siempre en la tercera fila, bien protegida en medio de la clase, ni demasiado delante, ni demasiado atrás, y por la noche, en casa, empollaba el doble que mis compañeros. Evidentemente, los acontecimientos de este año me han convencido de mi error, pero seguramente entonces no podía hacer otra cosa.

Sin embargo, hubo señales de alarma que hubieran tenido que llegarme a pesar del aletargamiento en que me hallaba, notas falsas en mis breves sonatas aprendidas de memoria... Como el incidente con Dominique por ejemplo. La única explicación es que mis sentidos estaban atrofiados.

Ocurrió la tarde de aquel famoso primer día de Liceo, a la salida de clase. Martine, con la que había simpatizado, cogía el mismo autobús que yo. Vivía antes de Pierrefont, en un chalé. El hecho de saber que haríamos el viaje juntas todos los días nos había aproximado aún más.

También Dominique cogía el mismo autobús. Pero se bajaba en la ciudad. Como Martine, repetía curso como la tercera parte de la clase, por culpa del profesor de Lengua, que había querido ese año imponer un castigo que sirviera de escarmiento.

A priori, no tenía nada contra Dominique. No había gastado bromas estúpidas como los demás chicos y se había pasado el día mordiéndose las uñas, como yo. Además, era un chico bastante guapo, aunque yo, en esa época, no estaba para esas cosas.

Esperábamos los tres el autobús. Yo estaba eufórica. Me parecía flotar en una nube desde por la mañana. A mediodía, en el comedor, incluso había hecho el payaso, sí, yo, había hecho el payaso imitando al profesor de Historia que había tropezado tres veces con la papelera y las tres veces le había pedido perdón...

Me parecía absolutamente prodigioso que me hubieran llamado Anne desde por la mañana, como si yo no tuviera nada que ver en aquel bautismo, como si las treinta y seis personas que había conocido aquel día hubieran presentido, de forma natural, que Sélima Jelloud había muerto al traspasar la puerta del

Liceo. Me costaba digerir mi victoria. Me impresionaba tanto que la encontraba demasiado fácil.

Me sentía tan bien que no esperaba la pregunta de Dominique. Me cogió desprevenida. Martine me estaba describiendo a los profesores y sus manías, cuando él me soltó:

—Oye, ¿tú te llamas Anne o Sélima? Una chica de otra clase que viene del mismo CES que tú dice que nunca te has llamado Anne...

Lo que me desarmó completamente fue el tono. Hubiera entendido la curiosidad; después de todo, no tenía más remedio que dar algunas explicaciones, teniendo en cuenta que había pasado el día haciendo que rectificaran mi nombre. Pero el tono de Dominique no era de curiosidad, a pesar de que preguntase. Daba por hecho que yo había mentido.

Ni por un segundo imaginé que me acusaba de haber matado a Sélima. No, en mi cabecita de chica acomplejada entendí exactamente lo contrario. Creí que me acusaba de haberles engañado a todos porque me había atrevido a usurpar la identidad de Anne, identidad a la que no tenía ningún derecho, yo, la inmigrante de Pierrefont, etc... Eso fue exactamente lo que pensé en aquel momento. Y cómo imaginar otra cosa, si había sido educada para considerar siempre ese aspecto del problema... Pero no voy a extenderme en este asunto.

Debí ruborizarme primero y palidecer después. Martine me miró con curiosidad. Pero advertí que solamente tenía curiosidad por la respuesta. Sin embargo, antes de que tuviera tiempo de abrir la boca, contraatacó en mi lugar.

—¿Y a ti qué te importa?

Hubo un momento de vacilación. Dominique se echó el pelo hacia atrás, y repitió en tono porfiado:

—Entonces, ¿cuál es tu verdadero nombre?

Farfullé algo. De repente, me sentía horriblemente culpable. Estaba casi de acuerdo con Dominique –por lo menos con lo que creía que Dominique pensaba de mí. Si Martine no me hubiera apoyado un instante antes, estoy convencida de que hubiera renegado de Anne inmediatamente. Pero levanté la cabeza y me agarré al cable que Martine acababa de echarme:

–Es verdad, ¿a ti que puede importarte que me llame Anne o Sélima? Ni siquiera entenderías por qué...

Quizás hubiera seguido. Hubiera intentado explicar por qué Anne y no Sélima. Hubiera podido justificar mi elección (hoy lo dudo) hablando de la vida en Pierrefont. Pero no tuve tiempo. Martine, con una extraña locuacidad, se puso a defenderme. No hace mucho tiempo, a la luz de los acontecimientos que me han ayudado a descubrir a mis verdaderos amigos, he comprendido por qué no me dejó hablar aquel día. Es curioso cómo nos equivocamos a veces sobre cosas tontas que saltan a la vista.

–¡Dominique, qué pesado te estás poniendo! –soltó Martine, furiosa–. Yo no quiero saber si Anne se llama Sélima... Porque, aunque sea vedad, es asunto de ella y sólo de ella. Y además, todos deberíamos poder elegir nuestro nombre... Yo me llamo Martine, hay un montón en el Liceo... Falta de imaginación de mis padres... El nombre es como todo lo demás: nos lo imponen desde arriba y tenemos que soportarlo toda nuestra vida. ¡Menuda gracia!

Llegó el autobús y Martine se calló. Dominique se encogió de hombros. Ella y yo intercambiamos frases banales. Luego Dominique se bajó en su parada sin decirnos adiós.

–Es un idiota –dijo Martine entre dientes.

En realidad, yo me sentía más irritada que desdichada por lo que acababa de pasar. Sin saber por qué, la intervención de Martine me había molestado. Había reducido una cuestión importante al simple capricho personal de llamarse de un modo u otro... Por supuesto me había defendido, por supuesto había evitado dar explicaciones cobardes, por supuesto había cerrado el pico a Dominique. Pero no me había ayudado.

Recordando hoy aquel primer día del Liceo, reconozco que si toda la clase, incluidos los profesores, hubiera reaccionado como Dominique, seguramente me habría ahorrado dos años de hibernación. En todo caso, no hubiera habido malentendidos.

Soy argelina, nacida en Francia. Argelia, para mí, es mi familia y el barrio en el que vivo. Según mis padres, nací en 1960. Pero las fechas no encajan. En 1960, los HLM de Pierrefont todavía estaban en las hormigoneras. Por otra parte, en 1960, en Marsella no debía existir el extrarradio y menos aún la ciudad-dormitorio de Pierrefont... Me acuerdo de que chapoteaba en los charcos y me acuerdo perfectamente del perro que me mordió cuando tenía cuatro años en un lugar que parecía un vertedero público.

En mi familia siempre ha habido lo que podríamos calificar de «nebulosa artística» en torno al período anterior a mis cinco años. Pero durante mucho tiempo evité hacer preguntas. Todo aquello quedó enterrado en el corazón de mi madre.

Aproximadamente a la edad de seis años, recuerdo perfectamente el apartamento del tercer piso de la escalera B, tal como era entonces, como si realmente hubiera nacido allí.

Más tarde aparece mi padre, que volvía gris de la cabeza a los pies por culpa del cemento del taller. Todavía no debía ser capataz. Un poco más tarde, le veo con ropa limpia y una cartera en lugar de su vieja bolsa de herramientas: le prefería así. Luego llegó el año de la nevera, el de la tele, y la cama nueva en la habitación que pasó a ser mía cuando mi hermano mayor se fue y mi hermano segundo ocupó mi lugar en el sofá del comedor. Tenía catorce años.

¡Ah! ¡qué importante fue para mí tener una habitación propia!

Realmente, mis padres no me mintieron al decirme que yo había nacido en Pierrefont. Solamente olvidaron precisar que en esa época, Pierrefont todavía era un barrio de chabolas en la periferia de Marsella. Construyeron el barrio nuevo donde estaban las chabolas. Pero el terreno pantanoso que hay debajo no ha cambiado. Pierrefont sigue siendo Pierrefont. Es una contradicción* pues, para encontrar piedras por aquí habría que cavar mucho... Las que se encuentran están como carcomidas por dentro; no se parecen a las piedras blancas y lisas de las casas de la colina, lejos de allí...

En cualquier caso, a nuestro alrededor no hay sino hormigón y basura.

Naturalmente, jamás he hablado de las chabolas con la familia. En realidad, nunca he hablado con la familia, excepto algunas palabras con mi madre y, desde hace poco, con mi hermano Larbi. Mi padre tampoco habla jamás de su trabajo ni de cómo y por qué vive en Francia desde hace treinta años. Por mi madre supe que ella y mis dos hermanos se reunieron con él diez años más tarde. También fue ella la que me habló un poco de Argelia, bueno, de la Argelia que ella conoció, la de la época de los franceses.

Con la tele, la escuela, las conversaciones entre adultos y desde hace poco con los libros, me he hecho una vaga idea del modo en que todo ha debido ocurrir: la inmigración, la independencia, el trabajo del taller, el barrio de chabolas, los HLM, y también lo que suelen llamar con palabras suaves «el umbral de tolerancia» para hablar del racismo. Pero no puedo decir que me sublevara por lo que iba aprendiendo. Siempre he tenido la impresión de pasar entre las ma-

---

* La palabra *pierre* en francés significa piedra. *(N. de la T.)*

llas de la red. Aquellas historias tenían lugar en otra parte, fuera del perímetro casa-escuela-tienda y vuelta. Los centenares de pasos que yo daba cada día, rodeada de niños tan morenos e inmigrantes como yo, formaban parte de la vida cotidiana. La verdad es que no pensaba en ello.

Sólo hay una cosa que mi padre siempre evocó delante de mí con complacencia: la guerra del 39-45, el campo de prisioneros en Alemania, su medalla de antiguo combatiente y su pensión. Me pregunto si no fue él la causa de que quisiera convertirme en Anne.

Y luego, entre la escuela, el CES, la colonia de verano, los juegos en el descampado, las mismas caras siempre, durante mucho tiempo ignoré la palabra gueto.

Así pues, soy argelina, «árabe» como se nos llama y como también nos llamamos nosotros mismos, porque árabes o cabileños o bereberes, los pueblos que forman el Magreb todavía son niños recién nacidos. Y en el barrio donde vivo, aunque oigo gritar «asqueroso árabe», también oigo «asqueroso italiano», «asqueroso portugués», etc... Con las variantes despectivas al uso «asqueroso moro», «asqueroso macarroni», «asqueroso porto»... Como todo el mundo que nos rodea puede, de la noche a la mañana, ser «asqueroso algo», incluidos los franceses, «asqueroso borracho» o «asquerosa puta», eso es algo que no me ha impresionado jamás. Ni las trifulcas, ni las fronteras entre los vecinos de las distintas escaleras. El racismo es la base de nuestras relaciones en el barrio. Todo ello es muy fluctuante en Pierrefont con alianzas complicadas, dominadas por las preocupaciones del momento. Por ejemplo, los franceses y los italianos se hacen muy amigos cuando los judíos critican a Palestina, pero los portugueses, los italianos y los árabes se unen en las huelgas para insultar a los «franchutes», que organizan comandos de matones para darles una buena paliza.

Pero yo con Argelia no soñaba en absoluto. Aunque, por paquete postal, recibíamos los dátiles y los pasteles del Ramadán...

En 1962 yo tenía dos años. Soy una niña de la independencia, que nació y ha vivido hasta esta noche en el país colonizador, sin salir nunca de él. Así que, naturalmente, hasta no hace tanto tiempo, mi nacionalidad argelina me parecía un formidable error.

En el barrio también hay franceses que nacieron en Argelia y que nunca habían salido de allá antes del 62. ¿Formidable error de quién? Intentan integrarse en la vida francesa, pero no lo consiguen. El jefe del taller donde trabaja mi padre es un *pied-noir**. Un día vino a comer un *couscous*** a casa. Mi padre y él hablaron de Argelia. Sobre todo fue él quien habló. Era como si no pudiera parar. Se explicaba con dificultad:

—Ya ves, Kader —así se llama mi padre—, en esta casa me siento a gusto... Reconozco las cosas... Cuando hablo de allí con franceses de aquí, no entienden nada, absolutamente nada... ¡Les importa un bledo! Francia no es mi país... Desde hace doce años, soy como tú, un extranjero.

No se daba cuenta de que mi padre siempre había sido considerado como un extranjero, incluso en Argelia, por tipos como él, pero mi padre nunca se hubiera atrevido a decirle semejante cosa.

El hombre había sido chófer-repartidor en una cooperativa vinícola antes de la independencia. Yo le oía hablar de cómo era la tierra allí, de los campos de naranjos, de las calas mil veces más bellas

---

* Así se designa a los habitantes de Argelia, de origen europeo, antes de la independencia. *(N. de la T.)*

** Comida típica a base de granos de sémola.

que las de Marsella, de la vida cotidiana. Seguramente escuchando a aquel hombre fue cuando, por primera vez, me entraron ganas de conocer mi país.

Nunca he oído a mis padres hablar entre ellos de Argelia delante de mí. Seguramente evocar el país era doloroso y les resultaba insoportable, por la contradicción que suponía para ellos haber vivido en la Argelia colonial y haberla abandonado cuando llegó la independencia. Algunas veces evocaban su juventud con viejos amigos o cuando la familia estaba de paso, pero entonces se trataba de antiguos recuerdos desvinculados de la historia. Realmente, yo más bien tenía la impresión de que para ellos Argelia ya no existía. Mi padre, por ejemplo, jamás decía: «Si hubiera que volver a empezar». Había cotizado al FLN*, albergado —en raras ocasiones— a militantes buscados en París y optado por la nacionalidad argelina en el 62, pero nada más. En el fondo, creo que es un legalista lleno de virtudes. Pero de sus sentimientos no se puede saber nada. Es hermético como una caja fuerte. No ha vuelto allí más que una sola vez, cuando murió una de sus hermanas. Y mi madre no ha abandonado Pierrefont más de tres veces desde que llegó a Francia. ¿Treinta años de exilio voluntario puede cambiar a la gente?

Yo crecí pensando en Argelia como una provincia muy lejana. Un poco al modo de los parisinos de nacimiento cuando piensan en la Bretaña o en la Alsacia de sus padres. Y ni siquiera tenía más posibilidades que ellos de volver a mi tierra. Pero todas esas ideas no se me han ocurrido hasta ahora.

---

* Frente de Liberación Nacional.

Roces como el que tuve con Dominique hubo más, pero hasta este año los olvidaba inmediatamente porque creía que el tiempo estaba a mi favor.

Todas las mañanas me despertaba con el corazón encogido esperando que fuera ya el día siguiente. Y el día siguiente, pensaba en el siguiente... Hay gente que vive en el pasado, otros exclusivamente en el presente, y yo, que proyectaba instintivamente hacia el futuro. Eso me tranquilizaba. Por ejemplo, durante aquel período siempre hacía los deberes con mucha anticipación. Al final del primer trimestre, había leído todos los libros del programa. En Navidad me creía en el mes de junio.

Mucha gente dirá que es normal, que si todos los jóvenes hicieran el trabajo por adelantado, habría menos fracasos en los exámenes. Es falso. Falsísimo. Porque a los alumnos demasiado buenos como yo es un poco como si se les hubiera abierto el cráneo para practicarles una lobotomía en la zona donde se localiza la reflexión sobre el mundo. Yo escapé por los pelos a esta especie de anestesia y doy las gracias a todos aquellos que me hicieron reaccionar antes de que fuera demasiado tarde. Me llevó mucho tiempo darme cuenta de que no era una maquinita bien engrasada que podía, sin peligro, engancharme a la gran máquina que nos dirige. Me llevó menos tiempo comprender que la gran máquina aplastaba a las pequeñas máquinas rebeldes. Los de Pierrefont comprenderían lo que quiero decir.

En realidad, en esa época detestaba Pierrefont. Y Pierrefont no me lo perdonaba. Por ejemplo, cuando pienso en el enfrentamiento con Djawed, un año después de mi entrada en el Liceo, me digo que aquello contribuyó enormemente a abrir un abismo entre nosotros.

En el momento actual, los grandes debates y polémicas sobre los barrios HLM, la miseria «limpia», la delincuencia que produce todo ese vacío, no los comprendo bien. Es verdad que nuestra vida no es muy divertida en Pierrefont, y que preferiría no caminar sobre un barrizal ni vivir en una conejera; pero Pierrefont es para mí un lugar acogedor. La palabra «Pierrefont» evoca todo lo que ha quedado grabado en mi memoria, el amor y el odio, tanto en el tiempo gris como en los días de sol. Es mi único refugio, casi un enorme ser vivo con sus contradicciones y sus momentos de paz como esta noche. Para disponerme a viajar mañana a Argelia, no elegiría, en el mundo, ningún otro lugar.

Por mucho que algunos defiendan los bonitos chalés adosados con sus simétricos jardincillos, todos parecidos, yo veo en ellos el mismo vacío que en nuestros bloques. Si tuviera que imaginar una vida distinta, sería en un pueblecito de la cabilia argelina, aunque no estoy muy segura.

Mi segundo enfrentamiento con Djawed fue en diciembre. Yo volvía de casa de Martine, donde habíamos pasado la tarde tratando de resolver un problema de manómetros en el que estábamos peces. Eliane, el hacha en Física de la clase, nos había fallado en el último momento. Hacia las cinco, nos dio por teléfono el resultado del problema, pero no nos sirvió de nada. Nos pusimos nerviosas y yo estuve a punto de enfadarme con Martine por culpa del endiablado problema... Así es como yo era en esa época, capaz de perder el juicio por una miserable demostración de física... Eso era por la lobotomía.

Iba pensando en ello en el autobús cuando volvía. Pensaba en ello cuando me bajé en la parada de Pierrefont. Tenía la cabeza llena de fórmulas mientras avanzaba entre los bloques sin ver nada. Sabía que estaba dispuesta a pasar la mitad de la noche en vela si hacía falta pero que encontraría el fallo en el razonamiento. ¡Tenía que encontrarlo! Era como si mi vida dependiera de ello... ¡Mi vida! ¡Por un problema de física!

Por eso, claro, cuando oí que me llamaban y que corrían detrás de mí para alcanzarme, sentí el impulso de subir la escalera de mi casa de cuatro en cuatro, para escapar del pesado que me estaba molestando. Encontrarme ante mi mesa, mis libros, mi lámpara, en mi habitación, y olvidar el resto del mundo.

Pero sentí que alguien me agarraba por detrás antes de llegar al primer peldaño. ¡Demasiado tarde!

—¿Qué pasa?...

Me quedé muda de asombro. ¡Djawed...! Djawed estaba delante de mí, impaciente y un poco jadeante por haber corrido.

—Te estoy llamando desde hace cinco minutos... Estás sorda, ¿o qué...? Ven, Djamila quiere hablar contigo... Te hemos estado esperando toda la tarde.

Me había quedado tan atontada que le seguí sin responder. Desde hacía un siglo —exactamente desde el día en que me había acorralado en aquella misma escalera con el deseo de estamparme la cabeza contra la pared— desde ese día, no nos habíamos dirigido la palabra. Tres años y ni una palabra. Nada. Como si nos hubiéramos vuelto invisibles el uno para el otro.

Sabía que trabajaba cuando le apetecía —de

mecánico, creo– y el resto del tiempo lo pasaba con sus amigos arreglando mobylettes roñosas en el descampado que había en un extremo del barrio. La situación entre nosotros estaba clara y me iba bien. Por lo menos, cuando pasaba delante de su pandilla, se abstenían de comentar mi modo de andar como hacían con las demás chicas. El desprecio nos mantenía distantes los unos de los otros. Pero también sabía que no molestaban a las chicas árabes del barrio.

–Djamila quiere hablar contigo...

Lo repitió mientras me llevaba al lugar más oscuro del barrio, a los garajes que se encuentran en el límite con el descampado. Un lugar siniestro, olvidado por los servicios municipales de iluminación porque debieron pensar que los faros de los coches bastarían, por la noche, para ver en aquel desierto.

No pensé que corría ningún peligro acompañándole allí. Djamila era su prima y yo tenía mucho cariño a Djamila. Teníamos la misma edad, pero ella era la mayor de cinco hijos de los que el último tenía algo así como seis meses, con una madre enferma desde el parto y un padre que trabajaba en Fos-sur-Mer en una fábrica de productos químicos y que tenía las manos despellejados por culpa de los ácidos. De Djamila y su familia, la asistente social del sector había dicho: «Caso social». Eso no cambiaba nada pero por lo menos estaba escrito en alguna parte.

Yo, en esa época, evitaba a Djamila. La huía, incluso, por miedo al contagio.

Yo tenía mi oportunidad, una oportunidad única, y era demasiado importante; no podía bajar la guardia ni un segundo. Cuando coincidía con Djamila, tenía la impresión de encontrarme frente a un espejo y me horrorizaba ver en él lo que hubiera podido llegar a ser si no hubiera dado la espalda al gueto de Pierrefont.

Pero a veces no me negaba a hacerle algún favor. Un sentimiento de culpabilidad que resolvía en un santiamén, entre dos clases del Liceo. Soltaba las compras que acababa de hacer para ella en el supermercado, como si fuera la buena acción obligatoria, y me iba sin esperar a que me diera las gracias. Me daba vergüenza, pero olvidaba inmediatamente ese tipo de vergüenza. Como diría Dominique: «¡Qué bajo caíste en esa época, amiga!»

La puerta de uno de los garajes estaba entreabierta. Djawed me empujó hacia adelante. Choqué contra la barra de cierre del garaje y me detuve en la puerta. Apenas se veía en el interior. Pero reconocí la silueta de Djamila, que se levantaba.

—¿Eres tú, Sélima?

Al oír su voz fue fue cuando me arrepentí de haber seguido a Djawed a aquel sitio peligroso. Estuve a punto de soltar una risa histérica. En lugar de eso, respiré hondo. Debía estar mal de la cabeza para imaginar una emboscada de Djawed a cincuenta metros de mi escalera.

Djamila estaba muy cerca de mí. Es más baja que yo, también está más delgada. Ahora la veía casi con nitidez. Aspiraba con fuerza por la nariz y su voz temblaba. Djawed debía de haberse quedado detrás de la puerta. Fui la primera en reaccionar:

—¿Qué pasa, Djamila? ¿Por qué te escondes?

—Sélima... Si tú supieras... Si tú supieras...

Al mismo tiempo que hablaba entrecortadamente, sentí que su mano se aferraba a mi brazo.

—Resulta que mi tía... ha escrito a mi madre... Dice que me ha encontrado un marido... Mi madre quiere mandarme a Argelia... Mi padre vuelve de Fos esta tarde para hablarlo con ella... ¡Yo no quiero! —casi había gritado estas palabras—. He discutido con mi madre...

Me quedé petrificada. Djamila continuó:

—He estado en tu casa. No estabas allí... Djawed te ha estado esperando porque tu madre nos dijo que volverías tarde.

Y se desplomó sobre mí, gimiendo y agarrándose a mi hombro como a un salvavidas. Lo que acababa de oír me había dejado paralizada. Farfullé:

—Pero... ¿estás segura? ¡Es, es increíble!

Intenté sobreponerme, pero no era fácil en aquel agujero negro que apestaba a aceite de coche. Yo todavía estaba en el problema de física, en Martine, en la tarta que había preparado su madre y que nos habíamos zampado antes de pelearnos. O más bien, estaba ya en mi habitación y abría los cuadernos... No, naturalmente que no, yo estaba allí, escuchando a Djamila Bouaziz, diecisiete años, que me hablaba de su futuro matrimonio con un tipo al que jamás había visto, ni siquiera en foto.

—Haz algo, Sélima... ¡Ayúdame!

Volví a tartamudear, a creer que ya no sabía hablar normalmente:

—¿Pero cómo... cómo? ¿Qué puedo... qué puedo hacer yo?

—Díselo a tu madre. Dile... Como si fuera tu tía la que hubiera escrito... Tu madre ha evolucionado más que la mía... Y tu padre te deja ir a la escuela... Que ellos expliquen a mis padres que en Francia, no es lo mismo... Que a nosotras, las chicas, eso ya no nos parece normal...

Me había soltado para retorcerse las manos y empezar otra vez a sollozar:

—Ayúdame, Sélima... Tú has tenido suerte... Eres la única que puede ayudarme...

Me lo decía a mí, que ya estaba absolutamente convencida. ¡Diecisiete años de gueto para casarse con un desconocido! Abandonar a su familia y marcharse, sin más ni más, ¿pero hacia dónde? ¿Hacía quién...? Este pensamiento me llegó con dificultad después del primer momento de estupor, pero esta vez sentí que me ponía furiosa contra la familia que organizaba el rapto... ¡Ah! ¡qué razón había tenido yo, toda la razón del mundo, trabajando como una bestia en la escuela! ¡Qué bueno era dedicarse solamente a un problema de física a los diecisiete años! ¡Con qué ganas abrazaría a Martine mañana en el Liceo y le pediría perdón por mi mal humor de esta tarde! Y allí estaba, consolando de un modo completamente ineficaz a Djamila, que estaba en un estado lamentable y a la que ahora apenas oía susurrar detrás de sus brazos en los que había ocultado su rostro.

—Tengo miedo, no me quiero ir... Ayúdame, Sélima. Mi madre no entiende... Está muy contenta porque el tipo es un buen partido...

Precisamente en ese momento, cuando habló de que era un «buen partido», advertí en la voz de Djamila algo que no había antes o que yo no había notado. Era un matiz en la voz, como si, curiosamente, aprobara a su madre, por supuesto inconscientemente, por haber elegido al pretendiente teniendo en cuenta argumentos como «es un buen partido, por tanto, persiguiendo respetabilidad, desahogo, consideración, etc...» Quizá me equivocaba, pero no lo creo, porque lo que pasó después me dio la razón. Una furia más confusa, contra Djamila esta vez, me obligó a decir cosas que hoy lamento.

—¡Y te echas a llorar! ¡Lloras como si llorar sirviera de algo! ¡Nadie puede obligarte a ese matrimonio! Existen leyes, tanto allí como aquí, ¿no? Y lo único que haces es encerrarte en un garaje y esperarme durante todo el día para que yo intervenga en tu lugar, sí, ¡en tu lugar!

No me gustaba decir todo eso pero tenía que decirlo. Y Djamila debió notarlo porque dejó de llorar aunque evité mirarla a la cara. Me indignaba la injusticia de que era víctima, pero lo que más me sublevaba era su pasividad. Se me quitaban las ganas de ayudarla si lo único que hacía era esconderse detrás de mí. Y se lo dije.

—Aunque yo hable con mis padres, ¿qué cambiará? Nada en absoluto, mujer, si TÚ, si tú no luchas por salir... Y salir también de aquí, del gueto de la familia, de las cosas que nos hacen ser como borregos...

Hablé por lo menos cinco minutos seguidos y la pobre Djamila no debía reconocerme. Yo, siempre tan amable, me ponía a hablar mal de su familia, y también de la mía, porque le expliqué que me ahogaba en el barrio, que quería llegar a ser independiente, que ésa era nuestra única puerta de salida del gueto y también le conté que «fuera», «en otra parte», todo era maravilloso, en el mundo de los franceses en el que yo había sido admitida, en el Liceo...

Y, bruscamente, la escena cambió. Noté que Djawed me empujaba para pasar por delante de mí. Le había olvidado completamente. Se agachó, cogió a su prima por los hombros y la ayudó a levantarse de la caja en la que estaba postrada. Hizo todo aquello sin dirigirme una sola mirada. La hablaba dulcemente. Jamás había oído a Djawed hablar dulcemente a nadie.

—Ven, Djamila, ven... Ya te lo advertí... Te equivocas si crees que va a mover un solo dedo para ayudarte.

Ni siquiera parecía que estaba enfadado. Era mucho peor. Tenía la impresión de que era un sueño con aquella oscuridad a nuestro alrededor, los lamentos ahogados de Djamila, que había empezado otra vez a llorar, y la voz tranquilizadora de Djawed, destilando rencor. No comprendía por qué todo ocurría de aquel modo. Un instante antes, había creído encontrar las palabras adecuadas para animar a Djamila a que no se dejara manejar.

—Escucha, Djamila —continuó Djawed—, lo que los Jelloud hagan con su hija no nos incumbe... Ella —hizo un ligero movimiento con la barbilla hacia mí— ella, se hace llamar Anne... Pregúntale si no me crees... Lo que te está ocurriendo ahora lo contará mañana en su Liceo para burlarse de nosotros... ¡Ella odia a los árabes! ¡Es una racista! Tu historia le importa un bledo, ¿entiendes? Un día ganará mucha pasta y se hará francesa... Todo lo que tú le has contado no hace sino confirmarle lo que piensa de los árabes. Vamos, ven... ¡Vámonos!

Durante un segundo, me quedé paralizada sin comprender, inmóvil y estúpida, interceptándoles el paso. De lo que pasó después no me quedan sino recuerdos vagos, pero creo que grité. Grité porque no tuve más remedio que gritar para no lanzarme sobre Djawed y conseguir que éste me acogotase.

–¿Y tú? ¿Y tú? ¿Se puede saber que has hecho tú? ¿Por qué me habéis estado esperando toda la tarde? A mí que soy una traidora a los árabes, a mí que, como tú dices, utilizo lo que me contáis para dar una mala imagen, ¿por qué me pedís que me mezcle en esta historia? ¿Eh...? ¡Vamos, contesta...! ¿Y cuándo has ayudado tú a Djamila? ¿Cuándo te has ocupado de sus hermanos? ¡Y las compras, las visitas a los dispensarios, un poco de pasta para los niños, todo eso, te importa un bledo a ti, Djawed Chawaf...! Lo que te interesa es el honor, bueno, ¡lo que tú llamas honor! En realidad, no es más que envidia porque digieres mal el hecho de ser un fracasado... Y además, ¿por qué no hablas tú con tu madre, que es la tía de Djamila?

Debí decir muchas más cosas. Actuaba como si hubiera sido Djawed el que me hubiera pedido que interviniera y no Djamila. En el fondo, yo también estaba actuando con mala fe, como él. Y había olvidado a la pobre Djamila que se había colocado entre nosotros y nos miraba alternativamente con gesto aterrado.

Luego pasó a mi lado y se precipitó corriendo al exterior, demasiado deprisa para que yo tuviera tiempo de detenerla al pasar. Me caí al suelo.

Corrí tras ella sin hacer caso a la gente que había un poco más lejos, en el terraplén, y que seguramente habían oído nuestros gritos. La llamé una vez, dos veces, tres veces. Quería que volviera. Hubiera podido alcanzarla antes de que llegara a su escalera, pero quería que me esperara para que nos calmáramos juntas.

Sin embargo, no se volvió y se precipitó escaleras arriba. Me detuve sudando, agotada.

Tres meses después, a pesar de una conversación de mi padre con el señor Bouaziz, el padre de Djamila –mi madre no había querido hablar con la señora Bouaziz porque seguro que en el fondo lo aprobaba–, ésta tomaba el barco con su tía que había venido a buscarla a Pierrefont.

La víspera o la antevíspera de su marcha, no recuerdo exactamente, Djamila vino a casa a decirnos adiós. Hablaron sobre todo mi madre y su tía. Pero en un momento, Djamila me llevó junto a una ventana para enseñarme la foto de su futuro marido, que parecía un buen hombre. Un buen hombre desconocido, sonriendo en una foto de carné, con el que iba a pasar el resto de sus días y el resto de sus noches.

Djamila ya no tenía la cara de angustia que tanto me había impresionado la noche del garaje, es todo lo que puedo decir. Sin duda habían conseguido que aceptara que ése era su destino y que nadie, jamás, podía eludirlo. Seguramente por eso me dijo tímidamente mientras guardaba la foto del hombre en la cartera: «Si Dios quiere, seré feliz».

Lloré como una Magdalena después de su marcha. Más tarde recibí una foto suya en la que tiene los ojos demasiado azules, la boca demasiado roja, vestida de novia, muy menuda bajo el vestido y las joyas de gala que la hacen parecer un ídolo.

Paso a los acontecimientos de este año. Si no los he contado antes es porque la cronología es importante para comprender cómo he vuelto a ser Sélima después de haber estado tan orgullosa de mi faceta de Anne. Poca gente ha comprendido un cambio tan brusco. Martine, por ejemplo, no ha entendido nada. Pero yo me veo vivir entre aquellos de los que más desconfiaba y encuentro ventajas que estaba muy lejos de imaginar. Es fantástico conocer el reverso de la «medalla»... La «medalla» era Anne, realmente una bella medalla, y que se parecía demasiado a las condecoraciones de antiguo combatiente de mi padre. Anne era, de algún modo, mi nombre de guerra. Cuando pudo salir de la clandestinidad, hablar en mi nombre, en nombre de Sélima Jelloud, firmé la paz, ¡y qué paz!

Pero puedo decir que me cogió por sorpresa, porque el modo en que todo se desencadenó fue absolutamente trivial...

Fue por una exposición oral sin importancia que Dominique había propuesto hacer en clase. Ese tipo de trabajos que tratan siempre de los mismos eternos temas: el racismo, las relaciones chico-chica, la droga, la guerra, etc. Los profesores creen que nos hacen un gran favor y nosotros, al principio, nos metemos a fondo, incluso muy a fondo... Y luego nos damos cuenta de que es exactamente como en una redacción: introducción, desarrollo, conclusión... Los profesores no piden nada más. Así pues, inevitablemente, guardamos para nosotros lo que realmente pensamos. En esas condiciones y a pesar del tema del trabajo —el racismo— no vi venir el peligro.

Además, todo iba bastante bien para mí en aquel comienzo de curso escolar. Estaba acabando el bachillerato con una media casi honrosa teniendo en cuenta mis «antecedentes». Y luego, cada vez que el desánimo se apoderaba de mí, pensaba en Djamila Bouaziz, que estaba embarazada de su segundo hijo... Y me ponía a empollar cosas como Platón o Descartes para castigarme.

Mis relaciones con Dominique no habían evolucionado en tres años. Siempre había temido que acabaría por asestarme un golpe bajo, aunque no fuera su estilo. En la práctica lo evitaba y él hacía lo mismo conmigo.

Martine, en cambio, con el paso del tiempo, había llegado a ser mi mejor amiga, o más bien mi mejor compañera de Liceo —desde hace poco conozco la diferencia entre compañero y amigo y ya no lo confundo—. En realidad, yo sólo tenía compañeros de clase y ningún amigo a la salida. Pierrefont y el Liceo Baudelaire no casaban bien. Anne guardaba celosamente su identidad en el Baudelaire y, en Pierrefont, Sélima se reafirmaba en la idea de que no era la que todos creían que era. Tenía, pues, mucho cuidado en no mezclarlas, para evitar mayores problemas. Y en eso no me equivocaba.

Por ejemplo, Martine era la única persona a la que había invitado a Pierrefont, porque sabía que para ella los pasteles de mi madre y la vista desde mi habitación eran detalles suficientes para conocer lo lejos que estaba de ellos. Apreciaba su falta de curiosidad respecto a nosotros. Pero si en esa época me hubieran explicado lo que motivaba aquella «discreción» no hubiera querido oírlo, o bien lo habría aprobado.

Ahora me doy cuenta de que mi vida entonces no era muy alegre pero, creo haberlo dicho ya, vivía con los ojos fijos en el porvenir. Y para mí, el porvenir a comienzos de aquel año era el título de bachillerato, nueve meses de espera, como un embarazo, pero que me sacaría del gueto de Pierrefont en vez de hundirme en él.

El trabajo de Dominique, para dentro de quince días, no me produjo de momento ni frío ni calor. Sin embargo, había motivos para inquietarse y Dominique no había elegido su tema al azar. Desde hacía tres días, la prensa y la tele regional —e incluso la nacional— nos machacaban con la historia del pobre loco Tahar Beladj, padre de cinco hijos, que había herido gravemente con un cuchillo a un desdichado conductor de autobús, también padre de familia numerosa. La población marsellesa tenía derecho a un parte médico casi cada hora. Tahar Beladj había estado a punto de ser linchado por la gente que iba en el autobús. Sólo una vez, durante los tres días, habían precisado que Beladj acababa de salir de una depresión nerviosa y que estaba en el paro, perdón: «sin trabajo», desde hacía más de seis meses. Pero rápidamente se había eludido la cosa para extenderse largamente sobre la situación que preocupaba a las autoridades: el «umbral de tolerancia» que se había traspasado hace mucho tiempo en Bouches-du-Rhône, las medidas de seguridad en favor de los conductores de autobús (como si cayeran a montones todas las semanas), el aumento de la criminalidad en los ambientes de inmigrantes, etc.

En casa nos abstuvimos de comentar el asunto. Yo pensaba que Tahar Beladj tenía las suficientes circunstancias atenuantes como para que no se hiciera de sus cinco hijos cinco huérfanos más. Y además, no se armaba tanto escándalo por los dramas de la miseria que ocurrían en Francia todos los días... Pero el racismo latente en los comentarios no me sorprendía. Ya he dicho que en Pierrefont forma parte de nuestro universo afectivo y que ni siquiera necesitamos a los franceses para mantener el fuego sagrado. Entre inmigrantes, también el racismo va sobre ruedas. Por otra parte, los franceses pueden permitirse darle forma, y lo hace casi con delicadeza; cuando se ponen paternalistas se creen absolutamente superiores. Pero nosotros, no. Para nosotros sería más bien una cuestión de supervivencia. Hay que darse cuenta de que a fuerza de sentirse indigno ya no se puede vivir sin pensar que no hay nadie más indigno que uno mismo...

De todas formas, el racismo es una especie de enfermedad endémica con sus brotes virulentos y sus períodos de remisión. Pero no me voy a extender sobre eso. En mi asunto, el asunto Beladj fue el que empezó a hacerme reflexionar. Por esa razón hablo de ello más que de cualquier historia racista que alimentan los medios de comunicación y le dan vida.

Al día siguiente de la mañana en que Dominique había propuesto su trabajo, me enteré de que, por mediación de su amiga Laure, deseaba ponerse en contacto conmigo. Me comporté como si no supiera nada y la maniobra no siguió adelante. Pero dos días más tarde, cuando corría para no perder el autobús de las cinco, Laure surgió ante mí muy sofocada y me cerró el paso.

Laure es una chica que siempre está sonriendo. Bajita y bastante regordeta, siempre está armando jaleo en clase. El taciturno Dominique debió de volverse loco cuando ella le echó el guante a principios de curso, recién desembarcada de su Turena natal. Pero al parecer no le ha ido tan mal. ¡Laure le ha enseñado a reír! En cualquier caso, ella me confesó después que frente a mí, aquella tarde, había tenido la impresión de que se lanzaba a una corriente helada.

—Quiero hablar contigo... ¿Tienes un minuto? —me dijo de sopetón agarrándome por el brazo para retenerme.

Miré un segundo el autobús que arrancaba delante de mis narices sin comprender todavía lo que me ocurría. Luego me volví hacia ella.

—Quizá sí, el próximo no pasa hasta dentro de veinte minutos.

Y me encogí de hombros.

Laure se puso a mordisquear la goma elástica que sujetaba sus libros y luego me pareció que buscaba a alguien con la mirada. Vimos a Dominique al mismo tiempo; se acababa de separar de un grupo que salía del Liceo. Laure le hizo señas con la mano. Él hizo un gesto con la cabeza y señaló el bar de enfrente. Otro chico de la clase, Jean-Luc, estaba con él.

—¿Vienes a tomar algo? Dominique nos invita.

—¿Qué pasa, Laure? —pregunté mirándola a la cara—. ¿Qué os pasa conmigo? ¿Qué queréis exactamente, tú y Dominique?

—Bueno, verás...

Entre los dedos de Laure, la goma elástica amenazaba con romperse. Cada vez entendía menos su actitud, que contrastaba muchísimo con sus modales habituales.

—Se trata del trabajo...

Caí de las nubes. ¡El trabajo!

—¿El trabajo? —repetí en voz alta.

—Sí, el trabajo sobre el racismo. Nos gustaría que tú... Bueno, es difícil de explicar así... ¡Y hace un frío del demonio en esta acera! Escucha, Anne, preferiría que nos reuniéramos con Domi en el *Six Billards;* sería más cómodo hablarlo tomando algo, ¿no crees?

Volvía a ser la Laure de siempre, alegre y decidida. Al principio, yo no había entendido muy bien aquella historia de la invitación. Ahora lo comprendía perfectamente. Dominique Maugendre y Laure Dimier me invitaban, aunque parezca imposible, a sentarme con ellos en el *Six Billards*... ¡En el *Six Billards!* El santuario de los «emancipados» como decían los profes –y también Martine que, yo lo sabía, se moría de ganas de entrar allí–, el lugar de encuentro de los «contestararios», en una palabra de todos los que se comportaban más o menos normalmente en la vida. Puede parecer idiota, completamente retrógrado considerar a los diecisiete años un simple bar como el símbolo de la independencia, pero en esa época yo era idiota y completamente retrógrada, es verdad. Naturalmente, hubiera podido librarme de ella (su mano seguía pesando sobre mi brazo), hubiera podido contarle cualquier cosa y plantarla allí y poner pies en polvorosa. O también insistir, exigir explicaciones. Pero todavía era demasiado ingenua. En realidad, tenía el pensamiento ocupado por una sola cosa: en dos años y medio de liceo era la primera vez que me invitaban a «tomar algo» en un café. Nunca había entrado en ningún café, ni siquiera con mis padres o la familia. Anne Jelloud, alumna de bachillerato, no sabía cómo era un billar (aunque en el Liceo no se hablaba de otra cosa), ni una barra, ni siquiera, o casi, lo que se podía pedir... Ésa era la realidad.

El asunto de la discusión en la acera lo olvidé instantáneamente. Acababa de activarse un formidable disparador en mi cabeza –insisto, aterrizaba en un planeta desconocido–. Penetrar en aquel bar con Laure y reunirnos con dos chicos que sin duda ya estaban sentados a una mesa y que nos esperaban era el summum de mi integración en la vida del Liceo. Una experiencia fantástica. Seguramente no tenía una conciencia clara del asunto, del hecho, por ejemplo, de que ocurría el último año, es decir, con casi tres de retraso, pero me daba igual. Era como si, de repente, me encontrara en la final de un campeonato, un último esfuerzo y ahí estaba la línea de llegada. Después, formaría parte de los ganadores...

Ahora me doy cuenta de que fue eso lo que me hizo seguir a Laure, mucho más que la curiosidad por lo que me iban a pedir a cambio. Cuando Laure empujó la puerta del *Six Billards* (en realidad había cuatro *flippers,* los billares debieron ser relegados, Dios sabe dónde, cuando se construyó el Liceo), ya ni siquiera recordaba por qué me llevaba allí. Avancé tras ella, fingiendo indiferencia, pero con el corazón latiendo con fuerza.

Me encontré sentada enfrente de Dominique y de Jean-Luc, ante una taza de chocolate humeante. Sonreían con un gesto un poco forzado. Laure, por su parte, estaba radiante:

—¡Aquí está Anne! —declaró como podía haber dicho: «¡Misión cumplida!»

Todo el mundo se echó a reír.

Fue otra vez ella quien tomó la iniciativa un poco más tarde. Esperó a que tuviera mi taza de chocolate entre los dedos para calentarlos.

—¿Qué tal, Anne?

—Hum...

Me llevé la taza a los labios. Había vaho delante de mis ojos y la imagen de los chicos que estaban frente a mí aparecía difuminada. Jean-Luc tecleaba con los dedos sobre la mesa. Dominique se mordía pacientemente una uña. Yo no esperaba nada concreto. Me sentía bien allí, sentada en aquel bar. Experimentaba sensaciones completamente nuevas con olores y ruidos a los que no estaba acostumbrada. Pensé que estaba viviendo un anticipo del futuro, de esa independencia con la que soñaba desde que había decidido llamarme Anne.

La voz de Laure me hizo volver a la realidad.

—Verás —empezó sin mirar a los otros dos—, queremos pedirte que nos ayudes en el trabajo sobre el racismo. Tú estás más al corriente que nosotros de algunas cosas. Y además... vives en Pierrefont. Nos gustaría ir allí a entrevistar a los argelinos... Bueno, a los inmigrantes. ¿Crees que es posible?

—¿Conoces al tipo que hirió al conductor del autobús?

Fue Jean-Luc quien hizo esta pregunta. En ese momento no entendí de qué estaba hablando.

—¿Eh? Cómo... No, ¿por qué?

—Bueno... no importa.

Hubo un silencio. Yo iba emergiendo lentamente de mi estado de ensoñación. Laure había dicho algo sobre Pierrefont. Volví a pensar en la pregunta de Jean-Luc. Sin saber exactamente por qué, me había alterado, me había hecho volver a pisar tierra demasiado deprisa. En ese momento ya había traspasado la línea de llegada. Y además, no me gustaba el tono de periodista que está por encima del bien y del mal con que lo había dicho.

—¿Acaso crees que conozco a todos los árabes de Marsella? Somos como vosotros, ¿sabes?, no nos conocemos entre nosotros más que los franceses entre sí... ¿Por casualidad conoces tú al tipo que mató a su mujer y a sus dos hijos la semana pasada en el barrio de Nôtre-Dame?

En realidad no sabía si un tipo había matado a su mujer y a sus dos hijos la semana anterior; lo inventé. Pero no tenía importancia.

—¡Oh, Anne, no pienses eso! —exclamó Laure muy colorada tocándome el brazo.

—¡Tiene razón! Es una actitud específicamente racista pensar que todos los negros o todos los argelinos se conocen, como si fueran intercambiables...

Esta vez fue Jean-Luc el que se ruborizó cuando habló Dominique. Me dio pena, pero volví a coger la taza de chocolate mientras Laure continuaba sus trabajosas explicaciones que se resumían en esto: pedirme que fuera su guía en Pierrefont, una especie de intermediaria. Después de todo, ¿por qué buscar lejos lo que tenían a mano? Ahora ya sabía a qué atenerme y la razón por la cual me habían invitado al *Six Billards*. En ese momento fue como si me dieran un mazazo, aunque sospechaba, en el fondo, que no era el afecto lo que les había hecho invitarme.

Escuché a Laure cada vez más distraída. Esperaba que Dominique tomara la palabra. Los otros dos no contaban. El asunto nos concernía a él y a mí. Sentía que él y yo pensábamos en lo mismo: la parada del autobús del Liceo tres años antes, el diálogo de sordos y los malentendidos que habían surgido. No creo que en su mente la invitación hubiera actuado como un cebo; Dominique lo ignoraba todo de mi vida de reclusa y el pobre se hubiera quedado de una pieza si le hubiera dicho semejante cosa... Pero era él quien había pensado en mí para el trabajo, de eso estaba segura.

Se inclinó, apoyando las manos sobre la mesa:

—¿Recuerdas la primera vez que nos vimos? ¿Con Martine? ¿Cuando nos insultamos por culpa de tu nombre?

Asentí con la cabeza. Ya estaba. Íbamos a continuar aquella discusión de hacía tres años. Era indispensable antes de empezar a hablar de cualquier otra cosa. No podía ser de otro modo.

—Yo me acuerdo como si fuera ayer. Estaba furioso contigo porque llevabas todo el día empeñada en repetir en todos los tonos que te llamabas Anne Jelloud... ¡Estaba cabreadísimo! ¡y tú insistías tanto!

Sentí, noté más bien, que Laure se movía a mi lado. No miré a Jean-Luc, pero seguro que también se quedó de una pieza. De Dominique no me extrañaba que no hubiera contado nada a los otros dos.

—Aquel día pensé... tengo que decir que todavía lo pienso... pensé que querías cambiar de nombre porque te daba vergüenza ser argelina, o algo así. Aunque tuvieras tus razones... Pero no veía la diferencia y no sabía si la había. Me repugnaba, de verdad...

—Continúa.

Todo iba demasiado deprisa. No sabía qué

pensar. Dominique había puesto su mano, con sus dedos mordisqueados, extendida sobre la mesa, para que los viéramos, aunque quizá no lo hiciera a propósito. Cuando hablaba, lo hacía del mismo modo, sin rodeos, a las claras. Aunque no era habitual en mí, me sentía capaz de oír y ver verdades muy tontas. Le dije que continuara porque estaba totalmente aturdida.

—Durante todo aquel día, estuve recordando a un amigo argelino que tenía en la escuela primaria... Eso me permitió comparar... Todo el mundo llamaba Olivier a ese chico, Olivier Ben Youssef. Sus padres tenían una tienda de ultramarinos en mi calle. Un día fui a su casa y su madre le llamó Rachid delante de mí. Vi que el padre montaba en cólera porque yo estaba allí. No entendí lo que decía, pero Rachid se echó a llorar y me olvidó completamente para correr a refugiarse en los brazos de su madre. El padre estuvo diez minutos explicándome y disculpando a su mujer, que siempre olvidaba que estaban en Francia, que Olivier era un nombre francés que ayudaría a su hijo a «instalarse» y no sé cuántas cosas más... ¡Aquel tipo se disculpaba ante un chaval de nueve años! Más tarde, Rachid me dijo que había sido su padre el que le había inscrito en la escuela con el nombre de Olivier. Pero él quería conservar su nombre porque era el de un tío suyo al que quería mucho.

Dominique se calló porque debía considerar que sus explicaciones habían sido suficientes. Y por supuesto que lo habían sido, desde su punto de vista. Yo mantuve los ojos fijos en el fondo de mi taza vacía. Tenía un nudo en la garganta que no conseguía desatar. Pensé en Martine, que había aceptado a Anne sin pestañear. Seguramente pensaba como el padre de Olivier Ben Youssef.

Yo estaba fatal. Toda mi alegría había volado. Me sentía incluso un poco enferma. Tenía ganas de irme, pero no me atrevía a moverme de la silla. Y lo peor es que no sabía qué responder, o quizás hubiera tenido que contar mi vida para explicar por qué había matado a Sélima. Volví a pensar en Martine. Por cobardía, me hubiera gustado que estuviera allí, a mi lado para responder en mi lugar. Aquel asunto no concernía ni a Laure ni a Jean-Luc, que eran nuevos en el Liceo. Volvimos a empezar por el principio.

—Entonces me puse furioso cuando me enteré de que habías decidido, tú sola, cambiar de nombre. Me acordé de Rachid. Y te odié, igual que a su padre... Ya está dicho.

Dominique se recostó en el respaldo de su asiento y encendió un cigarrillo. Jean-Luc se precipitó sobre la cajetilla y empezó a sacar nerviosamente otro para él. Laure dijo, en tono de asombro:

—No sabía nada de todo eso...

Estaba claro que no veía el modo de volver al motivo de la reunión.

—Entonces, ¿por qué me habéis llamado a mí? —articulé lentamente, tratando de que mi voz sonara decidida.

Si había alguien entre nosotros que no esperaba que la discusión degenerara de ese modo era sin duda el pobre Jean-Luc, que no había visto en todo aquello sino un medio para jugar a investigadores liberados. Mi primera intuición no me había engañado. Masculló:

—Yo no sabía que se iba a armar tanto follón. Podemos preguntar a cualquier otro, de verdad...

Dominique hizo un gesto de enfado.

—En ese caso, no tienes más que volver a los recortes de periódico y aderezarlos con las teorías que puedas tener tú sobre la cuestión. ¿Qué te crees, muchacho? ¿Que la gente va a correr a abrazarte sólo porque vienes del Liceo? Serás un poli más para ellos y nada más. Lo quiera o no, Anne es nuestra intermediaria. Anne es como nosotros, pero para los demás, es Sélima. Si no fuera Sélima Jelloud, no nos interesaría más que cualquier otro del instituto...

Era una forma indirecta de responderme y de designarme un lugar entre ellos. Pero yo tenía la mente atrofiada desde hacía tantos años que no comprendí. En realidad, hubiera necesitado tiempo para pensar en todo eso, discutirlo a fondo con Dominique; pero él iba demasiado deprisa a lo esencial. No se pueden dar giros de 180 grados sólo porque nos han puesto el dedo en la llaga durante unos minutos en una vida entera... Él no era hábil y yo estaba a la defensiva. Difícilmente aquello podía terminar bien. Contraataqué brutalmente:

—Por favor, sigan al guía. La visita a los indígenas, como en el zoo, ¡eso es lo que me pedís!

Laure se sobresaltó.

—¡Anne, estás majareta, o qué!

—De acuerdo, Anne —repuso Dominique con calma—. No te fías, ¿verdad?

—¿Y por qué habría de fiarme, dime?

Me dolía la cabeza desde hacía unos minutos. Y tenía muchísimas ganas de mandar a Dominique al diablo con sus recuerdos de infancia mal digeridos.

—¿Acaso habéis descubierto de repente que tenéis alma de buenos samaritanos? ¿Acaso habéis pisado alguna vez Pierrefont antes de pensar en el brillante trabajo que sacaréis de allí? ¿Acaso no os molesta dirigiros a una árabe que no quiere serlo? —iba a añadir: ¿como yo?— ¿Acaso os gustaría oír cómo he aprendido a hacer el tonto durante años para tener derecho a sentarme hoy a esta mesa? En el fondo, yo podría servir de muestra. No hace falta ir a buscar más lejos. Conozco bastante bien el racismo. Me lo he inyectado a mí misma, durante años, sin ni siquiera darme cuenta, para permanecer dentro de las normas de la integración. ¡Claro que sí! ¡Yo podría ser el tema del trabajo!

Pero no añadí nada. Ya estaban lo suficientemente aterrados. Hasta Dominique tragó saliva varias veces mientras repetía: «Te equivocas si crees...»

—¡Nunca hemos querido utilizarte, es mentira! —afirmó Laure levantando la voz.

—Es verdad —añadió Dominique—. Nunca hemos pretendido lo que piensas. Yo siempre creí que algún día podría entenderme contigo... Fui yo el que dije a los demás que te parecería normal que te pidiéramos que te unieras a nosotros para esto.

Mi intervención me había calmado. El apuro de Dominique era reconfortante. Y me causaba gran placer acallar la vocecita que me susurraba que los errores eran mutuos.

—Estás convencido —ironicé— de que no me hubiera parecido normal, como tú dices, reunirme con vosotros para otra cosa, ¿verdad? Por ejemplo para tomar algo aquí, sin más.

Laure y Jean-Luc se habían quedado fuera hacía mucho rato. Estaban allí para registrar mecánicamente el segundo asalto de un combate que había empezado tres años antes. Debían sospecharlo, porque habían dejado de intervenir.

A veces, Dominique tenía una mirada convincente. Como las uñas mordidas que hablaban por él. Yo mantuve aquella mirada, en silencio, durante unos minutos. Decía: «Todo eso son pretextos y lo que estás haciendo es andarte por las ramas. Te he visto hacer el tonto durante tres años. ¡Magnífico! Pero eres como Rachid. Tu integración, ¡aire! Una farsa para convencerte a ti misma de que sabes adónde vas. Por tanto, aunque no seas nuestra guía, Pierrefont es la vida de Sélima. Y Sélima eres tú».

El mensaje quizás era menos untuoso, más «político» porque Dominique participaba en política, pero era muy claro.

Me levanté. Moví la cabeza varias veces y dije:

—De acuerdo. Vendréis a Pierrefont. No sé si conseguiréis algo. Os diré lo que no hay que hacer con la gente de allí. Dadme unos días.

Y me fui sin volverme. No capitulaba. Me rendí a Dominique hasta que demostráramos nuestras aptitudes, cada uno por su lado. Tenía las ideas embrolladas, estaba agotada, peor que después de tres problemas de física, y por la noche, en la cama, lloré por haber hecho el tonto durante tanto tiempo.

En el momento de dormirme, pensé: «Mañana tengo que hablar con Djawed...»

Al día siguiente era sábado. Aquella jornada tampoco podré olvidarla jamás. Lo primero que hice fue quedarme en la cama hasta que mi madre vino a ver qué estaba haciendo. Normalmente, el sábado por la mañana me levanto todavía más pronto que durante la semana para trabajar. No, no estaba enferma, le expliqué, pero quería hacer el vago –frase que tuve que traducirle al árabe–. Claramente, no era una expresión corriente en nuestra casa... ¡Pues bien!, no hizo ningún comentario. Incluso creo que le gustó verme «haciendo el vago», pero quizá me estoy precipitando. Nunca he tenido una relación profunda con mi madre.

Un poco más tarde desayuné en una esquina de la mesa de la cocina mientras ella pelaba verduras. Incluso la ayudé a fregar los platos. Tampoco entonces hubo comentario alguno de su parte. Charlamos, o más bien ella me habló de mi hermano Larbi, que había viajado a Aix. Luego estuve paseando por la casa. Me hice la cama para deshacerla un cuarto de hora después metiéndome dentro. El calor hacía que me sintiese protegida. Quería pensar pero no conseguía poner en orden mis ideas. Me hubiera gustado caer gravemente enferma; me cuidarían sin preguntarme nada, sólo si tenía mucha fiebre...

La escena de la víspera en el *Six Billards* me parecía muy lejana y un poco irreal, un poco tonta también. La encontraba infantil. Mucho énfasis y, en el fondo, nada. Pero mi bolsa rebosante de libros y cuadernos, los libracos apilados sobre mi mesa me producían el mismo efecto. «¡Aire!», había dicho Dominique.

Empecé a sumirme en pensamientos extraños mientras contaba estúpidamente las hileras de flores de la tapicería. Algo me debió ocurrir durante el sueño. El profesor de Filosofía, que hablaba del Inconsciente como si fuera un viejo amiguete suyo, hubiera podido explicarme lo que me ocurría. Pero entonces me hubiera pedido que le contara mis sueños y yo nunca los recordaba, por lo que el problema quedaba reducido a cero. Me sentía perdida ante la urgencia de tener que tomar decisiones por culpa de una taza de chocolate, el convencimiento de haber hecho el tonto, y de tener un corazón como una casa... Y por eso me sentía débil, como sin vida.

Como mi padre, aquel día, hacía horas extraordinarias, pude eludir la comida de mediodía. Mi madre me dijo solamente que, de vez en cuando, ayunar era bueno para las chicas. Me entraron ganas de abrazarla cuando lo dijo, pero no me atreví. Imagino que, en la cocina, debía rezar por esa especie de cosa –mitad chica, mitad chico– que era su hija Sélima, incierto producto surgido de las desdichas de la Independencia y la Inmigración. Aquel día quizá concibió la esperanza de que alguna vez llegaría a tener «manos para amasar el pan», es decir, que me convertiría en una verdadera mujer.

Pasé la mitad de la tarde sin hacer nada. Nunca me había sentido tan miserable. Lo mirara por donde la mirara, me daba cuenta de que en lo que se refería a los inmigrantes, ya no conocía a nadie, ni en Pierrefont ni en ninguna parte. Mis hermanos hubieran podido ayudarme pero Larbi estaba de viaje y

Lahkdar, el mayor, vivía en París. Exceptuando a la familia de Djamila y a la de Djawed, nunca decía sino buenos días y buenas tardes a los demás amigos de mis padres que venían a casa. Había roto el contacto con el resto del barrio. Quedaba Djawed...

Había pensado en él la víspera antes de dormirme. El cansancio a veces nos hace delirar. Haciendo un pequeño esfuerzo mental podía imaginarme la situación: había prometido a unos alumnos franceses del Liceo, que les pondría en contacto con inmigrantes. Djawed era el tipo ideal; en primer lugar, porque conocía a todo el mundo en Pierrefont y porque su pandilla bastaba para suministrar una importante muestra de inmigrantes de todas clases; y también, porque tendría cosas que decir...

El problema era que no me había acercado a Djawed a menos de veinte metros desde la tarde de la conversación en el garaje con Djamila, y cuando venía a casa o iba yo a ver a su madre de parte de la mía, él o yo, según el caso, salíamos de la habitación.

Y luego estaba Dominique. No estaba nada segura de que al ponerle al corriente, no tomara la delantera y se precipitara a la búsqueda de Djawed. Y, con pleno conocimiento de causa, Djawed se moriría de risa o de ira. Así pues, no ponía en duda ni la ira de Djawed, ni la obstinación de Dominique, ni —lo que era más grave— mi cobardía en el asunto.

Cayó la noche y con ella la vuelta a la realidad concreta: no había pegado golpe en todo el día. Ni había hecho los deberes ni había avanzado en el tema de las entrevistas. Los deberes me importaban tres pepinos. La verdad es que era la primera vez que no me importaban, pero había tantas primeras veces en mi vida desde hacía poco tiempo... Y al lado de lo que estaba soportando desde por la mañana, una bronca del profesor era casi una bendición, en cualquier caso nada deshonroso. Casi me hacía reír imaginar la cara del profe de Matemáticas, que me considera muy aplicada. En cambio, mis promesas me pesaban mucho. Laure caería sobre mí en la primera ocasión para saber si ya había concertado alguna cita, pues yo sabía perfectamente que, una vez pasado el momento de incertidumbre, recuperaría su actitud avasalladora.

Hacia las siete, bajé porque ya no soportaba estar en casa. Vagué por el barrio durante una hora deteniéndome en el supermercado y, especialmente, en la sección de motocicletas. Siempre había uno o dos de la pandilla de Djawed merodeando en torno a las motos. Pero no encontré a nadie. Era extraño para ser sábado por la tarde. En la zona del descampado y los garajes tampoco tuve suerte. Era como si todos se hubieran puesto de acuerdo para desaparecer de Pierrefont y no verme. Ahora hablo de mala suerte, pero no sé si al volver a casa no fue alivio lo que experimenté.

Pero el peor momento del día todavía estaba por llegar. Volvía otra vez a mi casa cuando me crucé con un chico que conocía de vista, un italiano, que vivía dos escaleras más allá.

Debí tener más cuidado, no dejarme llevar estúpidamente por la idea de que, de todas formas, nada tenía que perder si le abordaba. Apenas conocía a ese muchacho, pero tenía una cara simpática. Reaccioné impulsivamente al verle bajar corriendo las escaleras. Me las arreglé para cerrarle el paso, como la cosa más natural del mundo.

—¡Hola! ¿Tú eres el hijo de los Modiano de la escalera F, verdad?

—Sí, soy yo, ¿por qué?

Se detuvo quedándose en equilibrio sobre un pie, dos peldaños más arriba, con un gesto nada convencido de que yo tenía buenas razones para dirigirme a él. Pero ya no podía retroceder:

—¿Te acuerdas de mí...? Estábamos juntos en la escuela primaria...

En ese momento puso una cara que no quería decir nada, pero yo proseguí:

—Estudio bachillerato en el Liceo Baudelaire. Unos amigos y yo estamos haciendo un trabajo. Un trabajo sobre los inmigrantes... Nos gustaría entrevistar a gente joven... ¿Aceptarías responder a nuestras preguntas?

El planteamiento había sido torpísimo. Demasiado «directo». Debí recordar que, en Pierrefont, no pronunciamos palabras como «investigación» o «inmigrantes», ni siquiera cuando nos dirigimos a destacados delincuentes. Antes de que abriera la boca, comprendí que Modiano se iba a negar. Avanzó su cara simpática en la que ahora había un gesto de recelo:

—¡Bah! ¡Ese asunto no me interesa! En primer lugar, en mi familia no somos inmigrantes, mi padre es italiano, no es lo mismo... Y yo voy a ser francés, ya me he inscrito como voluntario en el ayuntamiento para el servicio militar, así que...

Y siguió bajando.

Cuando pasó por delante de mí, no pude evitar soltarle:

—¿Crees que cuando seas francés el problema estará resuelto?

—Bah, no lo sé —respondió encogiéndose de hombros. Luego se volvió, y, en tono irónico, dijo:

—Por lo que he oído decir, te haces llamar Anne Jelloud, ¿no? Entonces, ¿qué coño te importan a ti los inmigrantes?

Bajó los últimos peldaños y empujó la puerta de cristal que daba al exterior sin decir adiós.

¡Había encontrado a la persona adecuada!

Hasta un cierto punto había visto cómo Pierrefont evolucionaba. Ya no sabía nada de lo que pasaba aquí. Creía que todo era inmutable entre los bloques grises, como suele decirse, y yo, única en mi género.

Modiano había dicho exactamente lo que yo creía ser la única en saber. Pero, en su lugar, en lugar del servicio militar y del padre italiano, yo hubiera hablado del bachillerato, de la facultad y también de la guerra 39-45 de mi padre. Excepciones como yo habían surgido a montones en Pierrefont, ¡ahí estaba la prueba! Entonces, me sentí todavía más miserable que durante toda aquella jornada desdichada.

Al llegar a casa me acosté sin cenar. Durante la noche empecé a sudar como un pollo y a arder de fiebre. Por la mañana estaba enferma: unas anginas con puntos blancos, las peores, sin duda producidas por mi sentimiento de culpabilidad, me oprimían la garganta.

Es estupendo estar enfermo. En primer lugar se tiene derecho a quejarse, cosa muy difícil cuando se está sano. También se puede decir cualquier cosa, nadie se enfada. Se puede incluso cambiar de personalidad, la gente le echa la culpa a la fiebre. Lo malo es cuando se prolonga hasta después de la curación. Trae consecuencias absolutamente imprevisibles.

Pero será mejor que vuelva a los hechos, pues son totalmente reales.

Tengo un recuerdo bastante vago del domingo que siguió a la reunión en el *Six Billards.* Pasé el día cambiándome de pijama cada dos horas porque sudaba como un trozo de queso de Gruyère viejo. Y además, me horrorizan las inyecciones y me pusieron cuatro por lo menos... También sé que en un momento dado tomé al médico por mi profesor de Matemáticas y le dije que no se preocupara por hacerme el examen, o algo así. Pero la confusión no duró mucho e inmediatamente comprendí, al notar que unos dedos helados me daban golpecitos en la espalda, que jamás mi profesor de Matemáticas me pediría que me desnudara para darme golpecitos en la espalda.

En mi subconsciente no dejaba de flotar aquella sensación de algo urgente, pero estaba embotada como el resto de mis recuerdos. Realmente, yo no era sino una garganta que se moría de sed, pero que prefería aguantarme sin beber porque me costaba muchísimo tragar.

Laure, que tiene una madre psicóloga, me explicó después que mis anginas eran psicosomáticas, es decir, que caí enferma para evitar enfrentarme a la realidad. La tensión entre Anne y Sélima me había hecho sentir tan culpable que había preferido hacer el avestruz, o sea, esperar el final de la crisis, como si se pudiera resolver sin pedirme mi opinión...

Seguramente es verdad. En cualquier caso, durante mi enfermedad tuve tiempo de reflexionar, y debo decir que me recuperé del todo en menos tiempo, dos horas después de la famosa visita del martes, del que tardé en caer enferma después del enfrentamiento con Laure, Dominique y Martine. No digo que estuviera en plena forma —todavía me temblaban las piernas como a un bebé— pero empecé a tener hambre y la fiebre me bajó de repente.

Todo ocurrió de un modo extraño. El lunes por la mañana mi padre llamó por teléfono al Liceo para avisar en secretaría que estaba enferma. Martine vino a verme por la tarde, pero yo estaba todavía entre los vapores de la fiebre y no insistió en verme.

El martes, a última hora de la mañana, empecé a encontrarme mejor y a interesarme por el mundo exterior. De repente oí timbrazos apremiantes, luego exclamaciones sofocadas y todo un conciliábulo en la entrada. Mi madre no se alarmaba por una tontería como la madre de Djamila, por ejemplo. Tuve un vago presentimiento y pensé en mi padre o en Larbi que estaban en sus talleres. Llamé a mi madre a voces, bueno, tan fuerte como me lo permitía mi garganta todavía sensible. Entonces me enteré por mi madre de la hospitalización de Djawed y de otros dos chicos del barrio. Al principio creí que había sido un accidente y pregunté cómo había ocurrido. Recordé el trabajo de Dominique, esta vez peligraba de veras.

Pero no tenía ni idea de lo lejos que estaba de la verdad: el sábado por la tarde habían participado (mientras yo les buscaba en Pierrefont) en algo parecido a una concentración, me explicó mi madre, repitiendo lo que acababa de contarle la madre de Djamila, la señora Chawaf. Debieron de hacer frente a la policía cuando los dispersaban, y Djawed acabó con dos costillas rotas. Cuando su madre fue al hospital, Djawed no había contado nada más. Pero había cundido el pánico en casa de los Chawaf porque varios policías de paisano habían ido a «interrogar» a los padres acerca de las actividades de su hijo.

Mi madre me habló de una concentración y yo deduje que se trataba de una manifestación. Pero ¿qué clase de manifestación? Ella no sabía nada. Los policías solamente habían dicho a los Chawaf que, cito textualmente, «lo que hay que hacer con los provocadores como su hijo es embarcarlos inmediatamente para Argelia en el primer barco».

Si una bomba hubiera explotado bajo mi ventana no me habría asustado más. Al principio me quedé sin voz más de un minuto. Luego pedí más detalles. No los había.

Cuando me quedé sola, intenté analizar la situación. ¿A qué clase de manifestación había podido ir Djawed? Luego recordé las noticias de la prensa de la última semana: aparte del caso Beladj, no había nada. Los policías de paisano que habían interrogado a los Chawaf habían hablado de provocación... ¿Acaso la manifestación era una respuesta al racismo de la prensa?

Cada vez estaba más excitada. Quizá se habían solidarizado con el pobre tipo medio chiflado, si no, ¿por qué los polis iban a hablar de provocación? Luego traté de razonar mientras mi madre se lamentaba de verme en ese estado. No, debía equivocarme. Sin duda se trataba de una inocente reunión sindical por una cuestión laboral... En ese caso, ¿por qué los choques con la policía? No era el estilo de los sindicatos buscar enfrentamientos, ni el de Djawed sumarse a manifestaciones sindicales... ¿Entonces? Entonces, ¡yo no sabía nada!

Me mortificaba pensar que había pasado dos horas el sábado buscando a Djawed en Pierrefont mientras a él le estaban partiendo la cara. También me humillaba no haber estado al corriente. Ni siquiera Dominique había dicho nada la víspera. Seguramente desde hacía años, Djawed, Dominique y otros como ellos luchaban, se debatían como diablos, mientras a mí sólo me importaba trepar. ¡Estaba completamente ciega! ¡Sorda y ciega!

A partir de ahí, creo que empecé otra vez a delirar. Y cuando llegó Martine, a las cuatro, tuve que echar pestes, para que mi madre, horrorizada, no la mandara a su casa, con el pretexto de que necesitaba reposo.

Ni siquiera esperé a que Martine se sentara junto a mi cama para bombardearla a preguntas sobre lo que había ocurrido el sábado en Marsella. Me miró con extrañeza, como si hubiera dicho una tontería, luego me aconsejó que me recostara y empezó a hacerme preguntas amables sobre mis anginas.

—¿No has oído mi pregunta?

Mi expresión no debía de ser muy tranquilizadora porque me miró desconcertada.

—¿Cómo? ¿Qué pregunta? ¡Ah! ¿la manifestación del sábado...? Algo he oído en el Liceo.

Estaba claro que dudaba si continuar. Parecía preocupada de pronto.

—¿Qué has oído?

—¡Bueno! No entendí mucho... Yo... Mi padre dijo ayer en la mesa que os traería problemas... Quiero decir... a los inmigrantes... No sé nada más. Nunca escucho la radio ni las noticias de la tele —y soltó una risita antes de añadir—: He dedicado todo el fin de semana al trabajo de filosofía, ¡vaya tontería! «No hay más que un método para inventar que es imitar.» Del filósofo Alain; ¡ese tipo es un torturador! Me duele el estómago cada vez que nos toca estudiarlo. ¡Es como si hubiera escrito expresamente para las clases de bachillerato! Y tú has tenido mucha suerte de librarte... ¡Eh! ¡Anne! ¿me estás escuchando?

Había cerrado los ojos. De repente, deseé que Martine se fuera. Sus historias del Liceo me parecían lejanísimas. Ni siquiera deseaba hacerle preguntas. Había dicho la verdad. No sabía nada. Para ella no había diferencia entre el viernes pasado y hoy. Habíamos decidido preparar los exámenes finales de bachillerato las dos juntas. El año pasado, durante su hepatitis, yo le llevaba fotocopias de mis apuntes. No necesitaba abrir los ojos para descubrir su cartera sobre mi mesa. Sin duda traía un montón de apuntes de los dos días transcurridos. ¿La manifestación del sábado? Era otro mundo y mi repentino interés, un capricho producido por la fiebre. Ya se me pasaría.

Al verme inmóvil, con los ojos obstinadamente cerrados, ¿comprendió que Alain, en ese momento, me importaba un bledo? Sea como sea, cambió de tema para anunciarme que Laure y Dominique le habían preguntado por mí esa misma mañana. Le debió sorprender porque me dijo un poco más tarde:

—¿Has visto a Laure y Dominique últimamente?

Abrí los ojos.

—¿Por qué me lo preguntas?

—Por nada... Porque insistieron mucho... No sabía que salías con ellos.

Sentí que la detestaba pero, curiosamente, no me afectó mucho. Desvié los ojos.

—Estuve tomando algo con ellos el viernes, en el *Six Billards*.

Los viernes, Martine y yo no salíamos al mismo tiempo y el motivo era el segundo idioma. No hace falta decir que yo había elegido el árabe, no para conocer mejor mi lengua materna, sino porque obtendría una puntuación más alta en el bachillerato. En realidad, había tanta diferencia entre el árabe de mis padres y la lengua literaria que me preguntaba si no me había equivocado. Pero esa es otra historia. Volviendo a Martine, acababa de abrir unos ojos como platos:

—¡Fuiste a tomar algo! ¡Al *Six Billards!* —exclamó.

—Sí.

—Y... ¿Te invitaron ellos?

—Sí... Laure.

—¡Ah!

Suspiré. Realmente, a Martine no la conocía. Ahora pienso, aunque ya debía saberlo, que ella y yo no habíamos llegado muy lejos en nuestra «amistad» —quiero decir en el terreno personal—. En ese momento me odiaba. Estaba claro que me odiaba, pero no sabía si me odiaba más por mi franqueza, por haber entrado en el *Six Billards* o por haber aceptado la invitación de Laure.

Después hablamos de otras cosas, pero mi corazón ya no estaba allí. Yo no sabía qué decir. Mi excitación se había esfumado de repente. En electricidad, diríamos que la corriente había dejado de pasar. Sus frases me parecían insulsas y sin consistencia. Incluso su voz me ponía nerviosa. Pensaba en ruidos, voces y olores nuevos, los del *Six Billards,* por ejemplo. O los que me estallaban en la cabeza desde hacía tres días. De todo lo que ella decía sólo me interesaba una cosa: Laure y Dominique habían preguntado por mí.

Y en ese momento, exactamente en el instante en que pensaba en ellos, llamaron a la puerta de entrada.

¡Eran ellos! Debí susurrar algo como «¡lo sabía!», sorprendiéndome de mi propia voz, mientras Martine se levantaba de un salto. No recuerdo muy bien qué clase de sentimientos se agitaron en mi cabeza, pero durante unos segundos me quedé como desorientada. Claramente lo que predominaba era la incredulidad. Era como si les hubiera llamado y se hubieran materializado ante mí. Si me hubieran dicho, una semana antes, que iba a encantarme que Laure y Dominique se plantaran en mi casa, me hubiera partido de risa. Con la alegría volvió la excitación. Al galope. Pero aunque yo me sentía crecer en mi cama, mi habitación, en cambio, se reducía con ellos tres dentro...

Mi madre se entretuvo unos minutos trayendo sillas y el té con pastas que ya había preparado para Martine. Eso les ayudó a situarse y a deshacerse en amabilidades con mi madre.

En cuanto la puerta se cerró tras ella, acosé a Laure a preguntas, todas relacionadas con la manifestación del sábado. No quise ver que Martine y Dominique se ignoraban ostensiblemente. Yo había decidido dejar de lado mis escrúpulos y mis estados de ánimo. Jugué mi partida tal como la entendía. Y Laure me entendió, porque se echó a reír mientras se sentaba con desenfado en mi cama:

—¡Estás al corriente...! ¡No has perdido el tiempo, ahí, metida en la cama! Venga, ¿qué es lo que sabes? ¡Cuenta!

Laura dirigió una mirada a Martine, y luego a Dominique, como para tomarles por testigos de que no era ella la que empezaba. También había otra cosa en su mirada cuando se volvió hacia mí:

—¡Y yo que creía que te hacías la enferma para no empezar el trabajo con nosotros...!

Había en su voz un resto de escepticismo que barrí con un gesto. Las explicaciones vendrían después. ¡Lo primero que quería era SABER!

Y fue así, simplemente porque vieron lo impaciente que estaba, como Laure y todavía más Dominique se convencieron de que habían hecho bien en invitarme al *Six Billards*. Porque, lo supe más tarde, no confiaban en absoluto que saliera nada de nuestra entrevista del viernes pasado.

—De acuerdo —suspiró Laure—. ¿Qué quieres saber?

—Todo. ¡Quiero saberlo todo!

Miré alternativamente a Laura y a Dominique. Estaban un poco violentos. No como antes Martine, pues lo que les pasaba a ellos era que habían hablado tanto del asunto que no sabían cómo abordarlo.

—Todo salió mal —dijo Laure—. Si quieres saber la verdad, fue un desastre... una improvisación total...

—Se les ocurrió la idea de la manifestación esa misma mañana. Porque dos cafés argelinos habían saltado por los aires durante la noche...

Interrumpí a Dominique.

—¿Dices que dos cafés saltaron por los aires?

—Sí. Dos el viernes por la noche y otros dos el domingo por la tarde.

—Pero... ¿Por qué...?

De repente imaginé a mi padre o a mi hermano Larbi tomando una cerveza en la barra. Luego la explosión. Mi padre y la barra del café saltando por los aires durante la noche.

—La manifestación no estaba convocada... Cuando la gente vio a los inmigrantes desfilar por las calles, gritando contra los atentados racistas, creyeron que era para apoyar a Tahar Beladj... Quiero decir para apoyar su acción. No han entendido nada.

—Nadie ha entendido nada —añadió Laure—. Se oía a la gente vociferar desde la acera que era una vergüenza dejar manifestarse a unos asesinos... Yo casi sentí alivio cuando los policías antidisturbios empezaron a bajar de sus vehículos.

Con la mirada, animé a Laure a continuar. Me sentía cada vez más fuerte y tenía las ideas cada vez más claras. Fue Dominique el que prosiguió:

—El bombardeo en la prensa había sido tan intenso que los ánimos estaban muy alterados... La gente empezó a ver Beladjs por todas partes. Si el tipo se hubiera llamado Dupont, tres líneas en el periódico y asunto resuelto... Con Beladj, casi llegaron a hablar de un complot internacional. ¡Lo han desorbitado!

—Y cuando la policía intervino, todo el mundo se dejó llevar por sus impulsos racistas...

—¡Ah! ¿Entonces, hubo enfrentamientos?

—¡Bastantes! Durante toda la tarde. Domi y yo conseguimos irnos de la manifestación a tiempo. Pero hubo muchos que no quisieron moverse de allí...

Después de a mi padre, imaginé a Djawed luchando como nadie... Caía al suelo mientras le molían a golpes. ¿Cómo se le habrían roto las dos costillas?

Dominique continuó:

—Desde el sábado, no puedes dar tres pasos por Marsella sin encontrar polis interrogando a todo el que no tiene la tez muy clara, «muy limpia» como oía decir ayer... Incluso el domingo, en el mercado, vi que estaban registrando a unas mujeres, al parecer como en los viejos tiempos...

Estaba claro. Un esfuerzo más y veía Pierrefont rodeado de alambradas con torres de vigilancia para hacerlo «más real...» Ahora sólo me faltaba imaginar a mi madre entre las garras de los polis... Ella abría sus cestas y los tipos destrozaban los envoltorios, pisoteaban sus verduras. Era terriblemente sugestivo y empecé a tener un fuerte dolor de cabeza.

—¿Hubo heridos? —pregunté en voz baja.

—No lo sé, seguro que sí —dijo Dominique—. ¡Al final había tal follón...! Unos amigos nos dijeron que los polis habían detenido a bastante gente. En el periódico de ayer, ni una palabra. En la tele apenas dieron la noticia.

Martine se movió como si fuera a hablar. Nos miraba con gesto escéptico. Yo la había olvidado completamente. ¿Qué podía importarle lo que contaba Dominique? Nada. Como a mí una semana antes. Pero Djawed estaba en el hospital... Y mi madre tenía que abrir sus cestas, sin rechistar, ante unos polis para los que ella «no existía. Martine jamás tendría un Djawed en su vida, ni una madre obligada a abrir sus cestas como una ladrona o una criminal. Y sin duda tampoco su padre correría el riesgo de saltar por los aires con la barra del bar donde se estaba tomando una cerveza. Su padre y el mío no debían frecuentar los mismos bares. Dudó un segundo antes de decidirse:

—Lo que no comprendo... es por qué improvisaron la manifestación... Normalmente, la gente sabe de antemano lo que va a pasar... Tuvieron miedo, es normal.

Dominique se adelantó hacia ella. Vi claramente que trataba de contenerse.

—Entonces, ¿te parece normal que pongan bombas en los cafés árabes? ¿Te parece normal que se sirvan de un pobre chiflado para insultar y humillar a los que «no tienen aspecto limpio» en todo Marsella? ¿Acaso crees que hubieran dado tiempo a los inmigrantes para que prepararan tranquilamente su manifestación? ¿Acaso aceptarías tú, sin protestar, que te insultaran durante cinco días en público, que llenasen las columnas de los periódicos con marranadas sobre tu persona?

Yo tenía ganas de añadir que a mí me había parecido normal matar a Sélima Jelloud porque, precisamente, a todo el mundo en el Liceo le había «parecido normal» que me llamara Anne, y a Martine la primera. Y que si Dominique me había criticado el primer día de clase había sido por las mismas razones por las que ahora se rebelaba contra el racismo de la gente...

–Cerca del Liceo gritaron «¡Beladj asesino, fuera los árabes!» –añadió Laure en tono neutral.

–Y hace un momento, al bajar del autobús, había inscripciones en las paredes «Abajo Pierrefont», «Pierrefont nido de víboras», etc... Todavía estaban frescas –dijo Dominique.

Martine me miró para tomarme por testigo.

–Pero Anne, acuérdate, tú eres la primera en decir que Pierrefont debe desaparecer... Los tipos de aquí se dedican a pinchar los neumáticos de los coches, para divertirse... Siempre hay alguien que se mete conmigo cuando vengo a verte... ¡La delincuencia existe, a pesar de todo! ¡Eres tú la que no para de decir que esto es siniestro!

Estaba muy seria y lo que decía no era falso. Dominique y Laure hicieron el mismo gesto de impaciencia. Martine, sutilmente, acababa de desviar la conversación a un terreno para ellos movedizo. No podían reconocer sus argumentos sin tener la impresión de que me traicionaban. Por tanto, me correspondía a mí contestar.

Lo que no me gustaba era la forma en que Martine se defendía criticando a Pierrefont. Y además, era la primera vez que la oía hablar así. Se había quedado muy impresionada cuando se enteró de que los Bouaziz criaban gallinas en el balcón de su casa, pero yo me había reído. A mí no me molestó. Le expliqué que las aves engordadas en casa tenían mucho mejor sabor y que las podía matar uno mismo, según la tradición. Pero ella no había parecido entenderme.

—Es verdad, Pierrefont es siniestro —le respondí—. Hay mucha gente que lo opina, e incluso los arquitectos... Seguramente tienen razón de querer acabar con los HLM... En su lugar, volverían a poner las chabolas de antes. Mi madre me ha dicho que eran tan repugnantes que hasta los granujas salían pitando. Evidentemente, sería una solución... Espera, hay otra: consistiría en tirar a todos los árabes al mar, ya no se volvería a hablar de ellos...

Por supuesto, mi madre jamás me había dicho nada semejante.

—¡Yo no he querido decir eso! ¡Desvirtúas mi pensamiento! —exclamó Martine poniéndose coloradísima—. ¡Era una constatación! Tú misma...

—Lo sé. Se empieza por constatar... Y se acaba por creer que suprimiendo las consecuencias, se combaten las causas, conozco la cantinela... En la tele no dejan de darnos la lata con eso.

Martine estaba desconcertada. No sabía que, desde hacía cuatro días, yo intentaba armonizar las partes tan distintas que componían mi vida.

—¡No soy partidaria de acabar con Pierrefont, por supuesto! —exclamó—. Pero es normal luchar contra la delincuencia, ¿no...? ¡Nadie se convierte forzosamente en un gamberro sólo por vivir aquí! Por ejemplo tú no te has echado a perder. ¡Y no eres la única, claramente!

Entonces pensé en Modiano, el chico que se había inscrito en las listas para el servicio militar voluntario. Él por lo menos no era un gamberro. Me eché a reír.

—Por supuesto que sí... Hay algunas excepciones como yo... Nos han inyectado una gran dosis de excepción... Nos citan como ejemplo... ¡Yo soy un ejemplo vivo! Hablan de mí hasta en la inspección académica, lo sé por el profe de *mates*. «¡Mirad!, dice el dire del Liceo. Mirad, ¡tenemos bastantes hijos de inmigrantes haciendo el bachillerato en este centro!»... ¿Y si estuviera harta de ser la única representante de los inmigrantes? ¿Y si estuviera harta de servir de ejemplo? ¿Cuántas chicas argelinas e incluso árabes a secas e incluso inmigrantes a secas están haciendo el bachillerato en Francia este año?

Otra vez me dolía la garganta horriblemente. Y el acaloramiento empeoraba las cosas. Pero estaba lanzada. Ya no podía detenerme. No hablaba para ellos tres. Incluso a Martine, en el fondo, la apreciaba mucho. A su manera me había ayudado durante todos esos años. Pero necesitaba hablar ante testigos. La gota de agua que había desbordado el vaso había sido imaginar a mi padre interrogado por los polis que le tutearían, le empujarían para que se diera prisa en mostrarles sus papeles... Y mi madre abriendo sus cestas ante un montón de gente curiosa y hostil en el mercado, y Djawed, el muy idiota, riéndose mientras le rompían las costillas, seguro, mientras el director de mi escuela me ponía como ejemplo a los inspectores que estaban bien tranquilos en sus despachos, incluso al ministro de Educación. Me había estado preparando un porvenir de amnésica y ya no podía soportarlo.

—... Y todo por culpa de ese pobre loco de Beladj... Porque un parado se harta de pudrirse en una esquina y da una puñalada al primero que encuentra, ¡se ven asesinos por todas partes...!

Cuando oí que la puerta de entrada se cerraba detrás de mi madre, levanté la voz sin darme cuenta. Tenía ganas de llorar pero no me salió ni una sola lágrima. Me sentía seca, como si de repente me hubiera endurecido por dentro.

—... Como el tipo es árabe, todos los árabes pagarán por él... Y los detienen para llevarles al hospital o a la cárcel, vacían los bolsos de las mujeres, derriban los barrios en los que viven, del mismo modo en que se desratizan los edificios en ruinas... ¡Pero nosotros no somos ratas!

Ahora sí lloraba. Por fin había explotado. Había necesitado cuatro días para llegar a llorar por motivos reales. Me hacían daño las imágenes que tenía ante los ojos.

Creo que Martine hizo un gesto y que Laure la detuvo. Laure tenía razón. No hubiera soportado que me consolaran. No nos consolamos cuando nos damos cuenta de que nos hemos equivocado completamente. En ese caso nada consuela. El consuelo es como una máscara protectora, una máscara como la que se ponen los viejos actores, que superponen capas de maquillaje para ocultar sus arrugas y su verdadero rostro. Yo, por el contrario, tenía que quitarme todas las capas que me cubrían la cara, y la más importante de todas, la de Anne Jelloud, la ejemplar alumna de bachillerato, hija de obreros inmigrantes y futura universitaria con una tarjeta de visita como Dios manda, *made in France,* con la que dejar patidifuso a cualquier individuo con problemas de identidad.

Entre los acontecimientos que estoy contando y mi marcha mañana por la mañana a Argelia no han pasado sino dos meses de invierno. Pero la marmota que había dentro de mí había dormido demasiado tiempo para no despertar, como las demás, un bello día de primavera. Tuve tiempo de alisar delicadamente mi pelaje y de interrogar a todo el que podía aclararme algo sobre mí misma. Empezando por mi madre, a la que conocía muy poco porque no quería parecerme a ella. Así que me desperté en pleno invierno y me precipité al exterior, a pesar del mal tiempo... Rápidamente me desilusioné. En el Liceo, por ejemplo, los intentos para que me llamaran Sélima –siempre los símbolos– fracasaron lamentablemente. En casa, y a pesar de mi prudencia, enseguida me desencanté. «Trabaja bien en la escuela», me repitió mi padre con severidad. «Aprueba los exámenes».

Yo quería trabajar «de verdad», dejar el Liceo. Fue imposible. Esta vez también mi madre se mostró dura. No podía entender que quisiera dejar los estudios después del empeño que había puesto en integrarme costara lo que costara.

Desde entonces me siento terriblemente culpable. Confío en librarme de ese sentimiento en Argelia. Lo deseo con todo mi corazón. No tendré más remedio que librarme de él si algún día quiero vivir en mi país sin sentirme extranjera.

Ahora tengo que contar mi entrevista con Djawed, que tuvo lugar unos días después de mis anginas. Me había prometido a mí misma tener una explicación con él: era mi primera decisión de tránsfuga. No quería eludirlo a ningún precio.

Cómo me encontré ante la verja del hospital Saint-Jean no lo sé y no es muy importante. Solamente sabía que yo tenía que pasar por allí. Además de las dos costillas rotas, Djawed tenía hundimiento de tórax y múltiples contusiones. Era fácil imaginar las consecuencias de lo que normalmente se llama «una buena paliza». No sabía nada más, pues Djawed no había dicho nada a sus padres.

Pretender que estaba nerviosa mientras me dirigía a su pabellón no respondería en absoluto a la verdad. ¡Estaba muerta de miedo! Con un sudor frío que me recorría todo el cuerpo, en pleno mes de noviembre, avancé a mi pesar, negándome obstinadamente a imaginar su recibimiento. Llevaba las manos vacías, pues había considerado de pésimo gusto llevarle esos tristes «dulces para los enfermos». En primer lugar porque no estaba enfermo, y además porque tenía miedo de que me tirara el paquete a la cabeza.

Es difícil contar lo que pasa en esos casos durante los primeros segundos que parecen siglos. Sin embargo, después supe que la cosa no había ido demasiado mal: nunca he visto un asombro como aquel en la cara de nadie. Movió un poco la cabeza como si se despertara y se quedó inmóvil, con la boca entreabierta.

Cuando volvió a cerrarla, fue para decir:

—¿Qué coño vienes a hacer tú aquí?

La verdad es que todo empezaba relativamente bien. Luego frunció el ceño y no se movió.

Creo que mi reacción fue cien veces más sorprendente. Porque yo no podía prever que le hubieran rapado la cabeza del todo para darle varios puntos en una brecha. Me eché a reír.

—¡Oh, Djawed! ¡Si te vieras la cabeza! ¡Pareces un indio!

Entonces oí una voz detrás de mí

—¡Eh, chico... a ti no te gustará la visita, pero ella se lo está pasando bomba!

El que hablaba era el inevitable compañero de habitación. Ocupaba la cama que estaba enfrente de la de Djawed y no me había fijado en él al entrar. Las otras dos camas estaban vacías.

Dejé de reírme. Me senté a los pies de la cama.

—¿Me permites?

No quise preguntarle nada. Había ido a ver a su madre antes de venir. Ella me había entregado unas cartas para él y también un paquete. Lo dejé todo en la mesa de noche.

—De parte de tu madre...

Miró las cartas, cogió una y le cambió la cara de repente. Le dio vueltas y vueltas entre los dedos. Luego rompió el sobre y desdobló la hoja.

—¡Los muy cerdos, así que es verdad!

Echó una ojeada y la lanzó sobre la cama después de haberla arrugado. Se había olvidado de mí. Yo no veía más que el encabezamiento de la carta y unas letras escritas a máquina.

Ya he dicho que Djawed sólo tiene dos años más que yo —por tanto, cumplió veinte en noviembre— pero su cara descompuesta y con moratones en los pómulos le hacían parecer más viejo. El contraste con el blanco de la almohada era llamativo. Desvié los ojos. El tipo de enfrente abrió la boca. Le hice un gesto para que se callara, pero no me hizo ni caso.

—¿Malas noticias, muchacho?

Djawed se estremeció. Abrió los ojos y los clavó en los míos.

—¿Todavía estás ahí? ¿Admirando el espectáculo...? No, creo que te molesta ver la jeta de un árabe apaleado al que acaban de echar del trabajo por ausencia injustificada. ¡Lo llaman *ausencia injustificada!* ¡Ausencia injustificada! —repitió, con sorna—. Tres costillas rotas, el tórax hundido por unos antidisturbios de primera categoría, un mes de hospital, ¡y lo llaman *ausencia injustificada!*

Un acceso de tos le detuvo. Estaba enfundado hasta el cuello en una especie de corsé de plástico que seguramente le impedía respirar.

En ese momento una enfermera empujó la puerta de la habitación.

—¿Cuándo va a dejar de gritar de ese modo? Se le oye desde el otro extremo del pasillo. Cálmese de una vez.

—¡Mierda! —le gritó Djawed. Luego siguió tosiendo.

Salté de la cama preocupadísima porque empezaba a ahogarse. Oí que la puerta se cerraba. Me precipité hacia Djawed para ayudarle a incorporarse.

—... Podremos añadir esto a la denuncia —jadeó apretándose la garganta.

Detrás de mí su compañero de cuarto protestó. Debía dirigirse a la puerta cerrada.

—¡La madre que la parió! ¡Un tipo se ahoga y ella se pira! ¡Y esta noche no han dicho nada cuando la vieja de al lado se la ha pasado la noche entera chillando y no nos ha dejado dormir! ¡Las muy cerdas!

—Calma, Djawed. Apóyate en mí. Cálmate.

Es todo lo que pude decir. Djawed sudaba a chorros y se había puesto muy colorado. Me disponía a tocar el timbre —¡seguramente era una cerda, pero enfermera al fin y al cabo!— cuando la puerta se abrió y apareció una mujer que debía ser una supervisora. La enfermera insultada iba detrás.

—Vamos a ver, Chawef, le ruego que sea educado con el personal o si no, tendré que trasladarle a otro sitio, ¿comprendido?

Bastaba una rápida ojeada para darse cuenta de que Djawed necesitaba cuidados. Ni la una ni la otra se habían enterado. Me dirigí a las dos arpías:

—Discúlpele, señora, mi amigo acaba de recibir una carta de despido y comprenda...

Iba a pedirles ayuda. Djawed estaba ardiendo de fiebre. Pero la supervisora no me dejó continuar.

—¡Su despido me importa un bledo! En primer lugar, no se despide a la gente sin motivo... Y cuando a uno le pescan completamente borracho después de una trifulca, no se dedica, encima, a insultar al personal que le atiende...

—¿Cómo ha dicho...?

Abrí unos ojos como platos, porque no podía dar crédito a mis oídos. ¿Qué estaba diciendo esa mujer? Luego vi que Djawed me hacía una seña con la mano que podía querer decir «déjalo, por favor», o algo así. Parecía agotado y cerró los ojos, sin duda para intentar calmarse.

Entonces la supervisora se volvió hacia el vecino de Djawed, como si esperara que se armara follón, y luego de nuevo hacia la cama de Djawed, pero en ambos lados encontró el mismo mutismo. La otra enfermera tenía el ceño fruncido y su cara parecía una máscara.

—¡Al próximo escándalo, le echo de aquí! —chilló la supervisora.

Aquella forma de insistir era realmente una provocación. Pero a Djawed le debía importar tres pepinos sus amenazas, porque no se movió. Entonces ella dio media vuelta y salió, seguida naturalmente por la otra enfermera.

—¿Has sido tú el que has contado esa bola? —pregunté a Djawed cuando se cerró la puerta tras las dos arpías.

Abrió los ojos.

—¿Yo? No. Los polis.

—¿Cómo...? Pero, ¿por qué...? ¿Y no te has defendido?

Yo estaba alteradísima. Djawed me dirigió una mirada de compasión. En ese momento no pude evitar pensar: «Ni siquiera hemos tenido tiempo de cabrearnos los dos. Ahora —y él también debe sentirlo— es demasiado tarde»

Pero él inició un gesto que me hizo volver a lo que me preocupaba un instante antes.

—¿Es que tú crees que piensan que la verdad sale de la boca de los árabes? —dijo en tono de indiferencia.

Por lo menos así fue como interpreté más tarde su falta de expresión. Y realmente no había nada que añadir a eso.

Detrás de nosotros, el vecino de habitación mascullaba desde hacía un buen rato.

—Y además, no hay ninguna razón para insultar a los que les gusta tomar un trago... ¡Esa tía también es una cerda! ¡La más cerda de todas!

Vi que Djawed sonreía. Eso me distrajo de oír el vozarrón de aquel tipo. Luego hubo un silencio.

El silencio se prolongó. Djawed respiraba más suavemente y tenía la mirada fija en un punto de la pared que estaba frente a él, ligeramente a mi izquierda. Ni siquiera había abierto el paquete de su madre. Estuve a punto de hacerlo en su lugar, pero desistí. En lo que se refiere a ideas, tenía montones dándome vueltas en la cabeza. Y también cientos de palabras que no llegaban a salir en orden con la eficacia necesaria para convencer. Tenía ganas de contarle, de un tirón, lo que se me había venido encima desde hacía quince días. Al final lo único que se me ocurrió, fue decir:

—¿Quieres que te haga algún recado?

A lo que respondió:

—No, gracias. Ahmed vendrá dentro de un rato.

—Pero puedo ver a tu madre esta tarde y...

—No. No hace falta...

Pero no podía irme como había venido. Entonces solté de sopetón:

—Cuando me enteré de lo de la manifestación, me indigné... Es... Es indignante lo que ha pasado... Yo estoy de vuestro lado.

Debí evitar esta última torpeza, que sonaba todavía más falsa que los demás y que nos remontaba a años anteriores. Pero, curiosamente, Djawed se limitó a encogerse de hombros y a reír burlonamente.

—¡Bah! La próxima vez intentaremos hacerlo mejor... Cada cosa a su tiempo, ¿no crees? Todavía somos demasiado ingenuos, creemos que a la gente la engaña un puñado de tipos que son los que mueven los hilos... ¡Imagínate!

Entonces me miró casi amablemente. No, más bien fue sin rencor. Era la primera vez desde la escuela primaria que Djawed se dirigía a mí sin rencor. ¡Me hizo mucha ilusión! Era como si lo hubiera entendido todo: por qué había ido a verle y lo que estaba intentando explicarle desde el principio. Por un momento, se me ocurrió la idea descabellada de que Dominique y él se conocían. Pero era imposible.

Y luego me preguntó algo que acabó de desconcertarme del todo. Me preguntó cómo marchaban mis estudios.

Debí farfullar:

—Acabo el bachillerato este año... Pero ya no me interesa...

No sabía muy bien dónde meterme desde hacía unos minutos. Su respuesta me dejó estupefacta.

—Cometes un error. Yo ahora me arrepiento de haber dejado la escuela.

—¡Te... te arrepientes!

—Sí, me arrepiento... Lo comprendí hace

tiempo. Así que aprovecha, no te desanimes, sigue adelante. De todas formas, burgueses habrá siempre. Incluso entre... Quiero decir que en Argelia los hay a montones. Según dicen, se parecen como dos gotas de agua a los de aquí. Entonces, ¿de qué serviría quedarse en Francia, si no es para estar tranquilo? A menos que te quedes como campesino en la montaña, con las cabras, y tampoco...

—Djawed, yo...

Nunca había oído a Djawed hablar así. Destilaba tanta amargura... Sus dedos habían soltado la carta de despido y no se dirigía sino a sí mismo, como si me hubiera olvidado. Yo había sentido la necesidad de verle para justificarme, sin pensar que en el transcurso de todos aquellos años él también había evolucionado. Había creído que me abriría los brazos y me diría: «Estupendo, eres una chica valiente», o bien que me pediría pruebas antes de concederme el derecho de volver a ser Sélima. Sabía que tenía ese poder sobre mí. Pero no, estaba equivocada. Él también estaba totalmente confundido. Y lo pasaba peor que yo.

Continuó hablando solo. Quizá deliraba un poco, y quise convencerme de que deliraba. Decía que ya no le quedaba otra opción que convertirse en un truhán de verdad, empezando por la caja de su empresa, que después del hospital conocería la cárcel, lo que no significaría mucho cambio pues, de todas formas, habían sido también los polis los que le habían llevado allí. Al momento volvió a mis estudios. Me dijo que luchara, que aplastara a todos los que se opusieran, que ganara mucha pasta para que todo el mundo se jorobara. En ese momento fue cuando le dije que quería vivir en Argelia, que esa idea no se me quitaba de la cabeza. No respondió inmediatamente, aquello le había dejado completamente paralizado.

Pero me miró fijamente antes de murmurar

—digo murmurar, porque realmente habló en un susurro —incluso estuve a punto de no oírle:

—Si descubres que has hecho bien, ven a decírmelo.

Se ha levantado viento. El mistral ahuyentará las nubes hacia el mar. Seguramente mañana lloverá sobre Argelia...

No me extenderé sobre acontecimientos menores como el trabajo sobre el racismo presentado por Laure y Dominique con una semana de retraso. Djawed no quiso reunirse con ellos, pero le habló de ellos a su su mejor amigo, Ahmed Benzaïa. Ahmed dejó que le entrevistasen junto con otro chico, un portugués. Cuando acabó de leer el trabajo, el profesor de Filosofía declaró: «Interesante, pero un poco subjetivo». Normal. Lo subjetivo era sin duda la forma en que Laure había relatado la manifestación del sábado y la escena del hospital que yo le había contado. Inevitablemente, habían suprimido las grandes ideas generosas. Las grandes ideas generosas es lo objetivo. Lo demás, lo que se vive en la vida, es lo subjetivo. Normal.

Tuve un terrible altercado con Martine, que siguió sin entender nada. Dijo que estoy bajo la influencia de Dominique, que está celoso de que una inmigrante tenga tanto éxito en los estudios como cualquier francés (¿le habría pasado a ella también?); que él me aparta a propósito del trabajo escolar para que suspenda los exámenes; que me altera el ánimo con sus «chismes» (la expresión es suya) sobre el racismo para acabar más deprisa con nosotras dos (o sea, ella y yo), porque siempre la habíamos tenido manía, etc... Al final se le vio un poco el plumero cuando me soltó que si hubiera sabido que un día dejaría de llamarme Anne, habría «dudado» antes de convertirse en mi amiga. A continuación me anunció los peores fracasos. Y dicho esto, me dio la espalda, y yo me cambié de sitio en clase. Más tarde intentaré que cambie de opinión, pero en este momento todavía estoy demasiado resentida.

En mi casa no manifestaron ningún entusiasmo cuando hablé de pasar las vacaciones de Pascua en Argelia, oficialmente «para ver». El único que me apoyó fue mi hermano Larbi. Yo creo que mi madre estaba contenta, pero no dijo nada. En cambio mi padre no quería dar su brazo a torcer. Según él, no iba a sacar nada bueno de ese viaje. Era mejor que terminara primero mis estudios y después ya se vería.

Era la primera vez (de nuevo, una primera vez) que llevaba la contraria a mi padre. Está claro que tenía miedo. Y quizá no esté descaminado. Me voy de sus manos. Los grandes sueños que ha forjado para su hija, su orgullo (Larbi me ha dicho que en su taller todo el mundo sabe que acabo el bachillerato este año), están a punto de evaporarse, lo lamenta... Ha sido Larbi el que me ha pagado el billete. Este verano trabajaré para devolverle una parte.

Yo también tengo miedo. Por supuesto que no me va a hacer daño separarme de mi padre sino todo lo contrario. Pero me pregunto si no voy demasiado deprisa. Sin embargo, cuando pienso en lo que me dijo Djawed me doy cuenta, a pesar de todo, de que lo que quería era darme ánimos.

Son las tres de la mañana. Dentro de cinco horas estaré en el avión. He vuelto a ser Sélima. Anne ha muerto. Yo no la he matado, se ha desprendido de mí como un trasto viejo que ya no sirve para nada. Quiero ver a Sélima en su medio natural. Tengo un optimismo a prueba de bomba. ¡Todo irá bien!

... Sélima allí

¡Es tan sencillo! Cuarenta y cinco minutos... ¡El tiempo de beber un zumo de naranja, de estudiar el mapa de Argelia, de ojear el resto de la Guía Azul! El tiempo de subir al cielo, de imaginar por un segundo que vamos al otro extremo del mundo... Cuarenta y cinco minutos de nada, justo para oír cómo dicen: «Señoras y señores, estamos llegando...»

¡Si hubieras visto mi cara de asombro, Djawed, cuando la azafata lo anunció por el micrófono...! Tenía la impresión de que alguien se reía de mí a mis espaldas... Me sentí imbécil, completamente imbécil... ¡Tanto ruido para casi nada!

Es verdad que lo sabía, teóricamente lo sabía... Un mar insignificante que atravesar, casi un gran lago... No importa. Por un momento creí que aterrizábamos en Marsella. La ciudad, el puerto, la costa e incluso los colores, todo eso, visto desde el cielo, es exactamente igual. Me sentí decepcionada. Esperaba... No sé cómo explicarlo, ciclones, tempestades, aventuras de nunca acabar, una agitación frenética en la carlinga, cosas fabulosas que fueran una sacudida para mí y de las que después no me acordaría...

...Pero no, cuarenta y cinco miserables minutos de sesenta segundos cada uno, una diferencia horaria de nada. Ni siquiera tiempo para concentrarse en una idea, apenas para aprender a abrochar y desabrochar el cinturón...

...Y aquí estoy ahora en una cama que se parece a mi cama, yo que había soñado, no sé, con no dormir nunca más, por ejemplo, en una habitación que se pareciera a mi habitación. La única diferencia es que la comparto con mi primita Akila y que tiene todavía más trastos que la mía en Pierrefont: armarios de luna, mesas de noche, sillas, cromos en las paredes, etc., como si quisieran imitar las habitaciones de los apartamentos franceses.

Afortunadamente, ¡oh, maravilla para mi alma sedienta!, en el suelo hay una alfombra espléndida, que casi no se ve, pero que se burla de todo lo demás, sobre todo de las colchas de poliéster, de los cromos franceses (no sabía que los cromos eran tan feos). Pero la alfombra es maravillosa, con los motivos decorativos típicos. Bajo los ojos hacia ella para alegrarme el corazón y creerme, por fin, lejos de Francia.

Compréndeme, Djawed, no es que yo esperara la cueva de Alí Babá. En realidad, no esperaba nada concreto, pero al menos la desorientación del que llega a un país extraño o más bien un cierto reencuentro con mi país de origen. Tenía que haberse producido un chasquido cuando pisé esta tierra esta mañana. Un pequeño chasquido que habría supuesto una enorme diferencia. A veces siento que está a punto de producirse... Por ejemplo, cuando mi primo Kamel me dijo esta tarde que en Laghouat existía un auténtico cartel indicador en la carretera de Ghardaïa que decía «El Cabo: 13.000 km.». Entonces comprendí algo: pensé que ante mí, si giraba hacia el sur, estaba no el mar sino muchos kilómetros, cientos de kilómetros de tierra, el desierto, y luego la sabana a lo largo de cientos de kilómetros, y todavía más lejos selvas vírgenes, los trópicos y más desiertos hasta el mar Rojo.

Físicamente, sentí África bajo mis pies, comprendí que podía seguir en línea recta, atravesar un continente así, con las manos en los bolsillos y llegar algún día al océano Índico, al Pacífico y dar un paseo por los arrecifes del cabo de Buena Esperanza. Eso es lo que yo llamo el chasquido y el reencuentro, Djawed... ¿Comprendes ahora por qué me siento tan mal en esta sofocante habitación? ¿Un pequeño espacio demasiado confortable y totalmente convencional —excepto la alfombra— cuando imagino que forma parte de un continente que llega al fin del mundo?

He pasado el día sirviendo de guía a mi familia; digo familia, pero en realidad solamente mi tío Ferhat, Akila y mi primo Kamel me acompañaban. Pero es verdad que les he dejado atónitos. Parecía que me había aprendido de memoria el mapa de la parte antigua de la ciudad. Cosa que era casi verdad, lo demás lo improvisaba. Y yo no tenía bastante con mis dos ojos para guiarme. Hubiera querido tocar las piedras, probarlo todo. Atravesé la Kasbah* en todas direcciones. Subí y bajé cientos de escaleras. Cuando el tío Ferhat quiso llevarme a la zona moderna, yo le pedí seguir en la Kasbah. Cuando intentaron enseñarme, por ejemplo, el hotel Aurassi —un mamotreto ultramoderno y superlujoso— yo reclamé el viejo puerto turco y sus mezquitas... Es como si hubiera querido recuperar treinta años de inmigración, pasar por encima de la época colonial, remontarme cada vez más lejos en la historia del país.

No me he atrevido a decir que la ciudad europea me aburre. Son casi las mismas calles, las mismas casas que en Marsella, con cariátides y balcones de hierro forjado. Sin interés. No es eso lo que he venido a buscar.

---

* Parte antigua fortificada de la ciudad

Pero al final el tío Ferhat lo ha comprendido cuando ha visto que me importaban un bledo las mansiones y las embajadas del barrio residencial de Hydra. Sospecho que acaricia la esperanza de vivir allí algún día y dejar al menos la casa, pero no la tienda de Bab el Oued donde vive. A mí me ha gustado Bab el Oued; no se ha producido el chasquido que ando buscando, pero al menos la gente abandona las casas e invade la calle como si éstas no fueran acordes con su personalidad. Como si se ahogaran en ellas a pesar de su respetabilidad y conformismo.

Después vi que mi tía Zara estaba impresionada, por no decir enfadada, cuando se enteró de que habíamos pasado tanto tiempo en medio de aquellos «tugurios viejos y sucios» —como calificó a las maravillosas casas de la Kasbah—. Ella no comprendió que yo era la única «culpable» y al tío Ferhat le echó una bronca en árabe porque «yo iba a tener una mala opinión de las realizaciones del país desde la Independencia». Kamel sí lo comprendió, porque lanzó en medio de la discusión que «la prima Sélima prefería la prehistoria». Todavía no conozco a Kamel lo suficiente como para saber si me estaba tomando un poco el pelo cuando dijo eso. Pero creo que voy a entenderme con él. Mañana o pasado le pediré que venga conmigo a la ciudad para hablar con la gente. Estoy convencida de que esto me ayudará a encontrarme a mí misma...

Es preciso que te cuente mi llegada, Djawed, para situar mejor los dos niveles de los que te hablaba antes. No tengo nada que decir del aeropuerto; supongo que es como todos los aeropuertos. Pero enseguida vi cómo las palmeras se arqueaban con el viento, un viento que viene del sur, del desierto y no de los Alpes. He visto palmeras por todas partes, bellas palmeras en libertad, no las de Niza, prisioneras en sus rejillas. Tampoco tienen nada que ver con los pinos doblados bajo el mistral que acababa de abandonar.

—Sélima, tío. Sí, yo soy Sélima —dije.

Fue él quien me reconoció. Yo, como iba justo detrás de la azafata, no veía nada. Aterricé completamente en la luna. Había que pasar la aduana. «Documentación, por favor». Ojeada del funcionario: «Sélima Jelloud. Nacida en Marsella. Argelina».

—¿Así que nacida en Marsella?

—Sí, en Marsella.

—¿Y... ha venido de vacaciones?

—Sí, de vacaciones...

—¿Tú eres Sélima?

—Sí, tío, Sélima...

Cuando la prima Akila, me saltó al cuello, me entraron ganas de llorar.

—¡Hola! ¡Hola! ¡Hola.

—Ha estado contando los días —dijo mi tío arreglando el pelo de la niña. Él también parecía emocionado. Luego añadió—: ¿Has tenido buen viaje? ¿No ha sido demasiado cansado? ¡Venga, al coche!

El tío Ferhat no es tan alto como mi padre, pero tiene una tripa considerable. Es el mayor de la familia. Seguramente por eso es comerciante y no obrero como mi padre o campesino como los otros hermanos.

Más tarde, cuando nos acercábamos a Argel, dijo:

—Mira al frente: ¡ahí está Argel!

E hizo un solemne gesto de presentación. Entre la bruma, la ciudad no es tan blanca como debe serlo al sol. Yo estaba muy emocionada. Esperaba que se produjera el chasquido, pero no pudo ser porque Akila empezó a preguntarme si en Francia las chicas llevaban pantalones vaqueros como los chicos. Sus palabras me devolvieron a Marsella, y Argel ya no fue sino una ciudad cualquiera sobre las colinas.

Luego llegó el momento en que mi tío me preguntó si hablaba árabe. Recuperé la esperanza y dije muy deprisa:

–Sobre todo lo entiendo, pero no hablo muy bien... Espero hacer progresos con vosotros.

–Aquí todo el mundo habla francés, no te preocupes –me contestó riendo–. En casa, la única que no lo habla es la madre de mi mujer... Pero en la escuela se estudia en árabe, ¿verdad Akila?

–Sí..., pero yo prefiero el francés. ¡En francés, soy la primera!

Todavía no sé si fue para darme gusto –pero ¿dar gusto a quién?– por lo que toda la familia, desde Akila a la tía Zara, empezó a criticar que se estudiase en árabe en la escuela. Esto ha hecho que me sintiese mal durante todo el día. Lo más increíble es que criticaban el árabe... ¡en árabe! Debo llevar encima un sello especial, *made in France*... ¿Piensan realmente lo que dicen? ¿Son realmente bilingües? Y hay algo peor: la hermana más joven de tía Zara, Leïla, que vive con ellos, incluso me ha dicho: «¡Tienes mucha suerte de haber nacido en Francia!»

Me recuerdan al aduanero del aeropuerto. Tenía que haberle explicado: «Nacida en Pierrefont, señor. Pierrefont, barrio árabe de chabolas de Marsella». ¿Pero hubiera entendido algo ese tipo con cara de hurón que me ha mirado con desconfianza?

Pienso también en mi padre, que quiso que naciera en Francia (mi madre quería dar a luz en su país). Pienso en su cabeza extrañamente inclinada, que se volvió cuando le besé antes de separarme de él... Hubiera podido hacerse francés con todas sus medallas de guerra... Le hubieran tomado por un *harki** pero seguramente la posibilidad de que le tomaran por un *harki* fue lo que le hizo echarse atrás...

---

* Soldado indígena alistado temporalmente en las tropas regulares francesas. *(N. de la T.)*

¿Pones mala cara, Djawed? No debería hablar así de mi padre? ¿El problema tiene otro origen, como diría Dominique? De acuerdo. Pero, ¿quién ha perpetuado el mito, eh? ¿Y por qué yo quise matar a Sélima...? Un pequeño empujón al destino y yo ahora sería francesa. Me llamaría Anne y a lo mejor sería a ella a la que querría matar. ¿Me equivocaría más que ahora? Una nacionalidad más o menos qué significa cuando tu propia familia te lanza a la cara que te aceptaría lo mismo, o mejor, si te llamaras Anne...

Me doy cuenta de que paso de momentos de depresión extrema a otros de intensa excitación. Es bastante agotador. Pero no he venido a descansar. Quince días para amar a mi país es poco y tengo que añadir que mi familia no me ayuda mucho –quiero decir a amar a mi país, no a descansar–. Porque si lo que quisiera fuera descansar, no podría encontrar nada mejor que la casa de Bab el Oued en la que vivo. Aquí nadie se plantea cuestiones metafísicas respecto a mí. Estoy de vacaciones turísticas y familiares. Punto. Mis «caprichos» (como por ejemplo la visita a la Kasbah) y mi curiosidad pasan por un comportamiento muy propio de los turistas. Por otra parte, si yo fuera *realmente* argelina, ¿encontraría «encantador» *(dixit* mi tía) el barrio más mugriento de Argel? Que tenga en la cabeza la idea de venir a vivir aquí ni se les pasa por la imaginación –excepto a Kamel, pero hablaré de él en otro momento.

Por ejemplo, un primo mío, muy lejano, pero primo al fin y al cabo, una especie de burócrata retrasado, tuvo una metedura de pata increíble: no se le ocurrió nada mejor que decirme que al terminar mis estudios podría volver como cooperante y ganar mucha pasta (los cooperantes extranjeros ganan el doble). Como me había quedado completamente estupefacta y seguí así un buen rato, Kamel respondió en mi lugar:

—¡Pero si mi prima es argelina!

El tipo se quedó impertérrito. Murmuró vagas excusas y cambió de conversación. Casi le oí pensar: «¡Oh, entonces, vale más que no se vaya de Francia!»

Yo estaba furiosa.

Como ves, Laure, vivo en una pura contradicción... Me pasa lo mismo con las mujeres de la familia. No sé a qué atenerme. Unas veces las adoro y otras me dan ganas de pegarlas. Cuando tía Zara se abalanzó hacia mí para ahogarme entre sus enormes brazos, la adoré. No tiene nada que ver con mi madre, que se contiene todo el tiempo como si temiera que Francia entera (la Francia que mantiene la boca cerrada) tuviera los ojos clavados en ella. La moderación es una virtud francesa que odio.

Aquí, en cambio, enseguida me he visto invadida, devorada por el bullicio de las mujeres. Imagina, Laure, que, en el momento en que Lalla Setti, la madre de tía Zara, me vio, empezó a palparme por todas partes —no había más que mujeres a nuestro alrededor— lanzando exclamaciones cada vez que descubría que yo estaba provista «¡de todo lo necesario para hacer feliz a un hombre!» ¡Te aseguro que es verdad! Y comentaba sus descubrimientos con una amplia gama de risitas y comparaciones en árabe que me hicieron ruborizarme hasta las orejas. Y cuanto más colorada me ponía yo, más se animaba ella. Cuando me desprendí de sus brazos ¡yo era la octava maravilla del mundo! Y también tórtola, paloma, flor de jazmín, miel, seda, rosa, gacela, y me quedo corta... Incluso mis dientes fueron objeto de comentario. Fue Leïla la que me explicó después que la prueba de los dientes, realmente, era capital. Porque Lalla Setti considera que la gente que tiene los dientes mal colocados son seres execrables, secuaces del Diablo, la maldad absoluta. ¡Uf! Tú, cuando vengas, y yo nos hemos librado de una buena...

Ese famoso día en que me concedieron todos los nombres de los pájaros estábamos en la habitación de Setti, la única estancia de la casa que no está abarrotada como una tienda de muebles. La única que tiene alfombras auténticas, colchones auténticos —por el suelo—, una bandeja redonda de latón auténtica con sus patas bajas de madera, etc... En resumen, una habitación pintada de azul, un color auténticamente oriental, para que imagines lo que quiero decir...

Estábamos entre mujeres. Estaba Leïla —de la que ya te he hablado pero de la que seguro que te volveré a hablar—, Faïza, la joven esposa de mi primo Mohand, el mayor de la familia, que trabaja en algo relacionado con el petróleo, en el sur, mi tía Zara y naturalmente, su madre Lalla Setti, todas sin velo. Estaba también una vecina, más o menos prima de mi tía, que se llama Sélima como yo. Otras vecinas pasaron después, entre dos tés, para «conocerme». En realidad, para sentarse un instante, contar algunos cotilleos y marcharse tras bendecirme de manera especial.

Yo sentía que tenía un lugar allí, justo a la derecha de Setti. Me dejé arrullar por su rumor. Es un rumor especial, ¿sabes?, embrujador, por las expresiones intraducibles en francés. No conviene prestar demasiada atención a lo que se dice, pues si no se tendría la impresión de que se asiste a una reunión de cotillas. Pero a mí lo que me interesaba eran sus voces, sus gestos mientras se sientan en el suelo, cuando mueven todo el cuerpo y no solamente los brazos y las piernas. Lalla Setti es la única que se viste al modo tradicional, pero aquel día, en mi honor, todas habían decidido ponerse el traje típico. Y yo me había puesto un vestido de gala de Faïza y sus joyas de novia. En principio, trae desgracia cuando no se está casada, pero insistí tanto que mi tía no me dijo que no.

No sé en qué momento empezó exactamente... Creo que fue Leïla —sí, fue ella— la que inició la conversación sobre ese tema. Quizá se explica por el hecho de que Leïla, que tiene un año más que yo, está «prometida» a un chico que trabaja en Francia desde hace un año y que le ha jurado que una vez casados, se instalarían en París los dos. Hace menos de una semana que conozco a Leïla y todavía no he descubierto (aunque habla mucho del asunto) si está más enamorada de París o del chico.

Recuerdo que, la víspera de mi marcha, mi madre me había puesto en guardia de un modo tan confuso que no lo entendí bien en ese momento. Me había dicho:

—Te harán preguntas sobre nuestra vida aquí. Di la verdad, pero no cuentes nuestras dificultades y la miseria de la gente como nosotros... Olvida eso y habla sólo de las cosas buenas.

—¿Por qué, mami, por qué? —le había preguntado yo.

—Porque no comprenderían que nos quedemos aceptando... ¡todo esto! —ella dudó antes de añadir—: ...Y también porque pensarían que abandonamos nuestro país para ser más felices... y que hemos fracasado.

En la recomendación de mi madre fue en lo primero que pensé cuando Leïla se volvió hacia mí con los ojos brillantes y me dijo: «Ahora cuenta..., cuenta cómo es Francia» —y las vi a todas— incluida la vecina— acomodarse en los almohadones mientras lanzaban suspiros de satisfacción.

Al principio, hice como si no comprendiera —no sabía qué decirles— e intenté quitarle importancia:

—¿Y qué queréis que os cuente?

Hasta Faïza, que es dulce y tímida, sobre todo

delante de su suegra, se echó a reír. Me volví hacia mi tía:

—Pero yo hablo muy mal árabe... Lalla Setti no va a entender nada...

—Se lo traduciremos —respondió Leïla—. Di, Sélima, ¿es verdad que en Francia hay máquinas de lavar que secan la ropa?

—¿Y también habitaciones especiales en las que la ropa se seca sola en una hora?

—Y para lavar los platos, ¿cómo funcionan las máquinas?

—¿Y es verdad que hay planchadoras automáticas?

Leïla, Faïza y la vecina se devolvían la pelota con evidente placer. Tía Zara subrayaba cada cuestión con comentarios en árabe destinados a su madre. De este modo surgieron montones de preguntas sobre las máquinas más sofisticadas, un verdadero catálogo de electrodomésticos, incluso artilugios cuya existencia hasta yo ignoro.

—¿Tú has oído hablar del peine silbante?

Entonces pensé en mi madre, en nuestra vida en Pierrefont y me lancé. Hablé del lavavajillas de los padres de Martine (el único que conozco), inventé lo primero que se me ocurrió, adorné con lo que recordaba de los anuncios publicitarios, cosas que nada tenían que ver con la realidad. Me oía hablar del programador electrónico como el representante comercial alaba su mercancía ante clientes crédulos y respondía a la pregunta. «Entonces, te vas a la compra, dejas el pollo crudo en el horno... Se enciende a la hora que quieres y se apaga cuando está hecho...»

Cómo explicar, después de eso, que en nuestra casa la nevera tiene diez años y que la cocina es un chisme antidiluviano; que la plancha que Larbi regaló a nuestra madre el año pasado lo único que tiene es termostato, que es lo mínimo que se puede esperar, hoy en día, de cualquier plancha. Y por último, que tenemos en un cajón una batidora automática que ni siquiera sustituye al viejo tenedor que tan útil resulta.

Pero yo estaba allí para hacerlas soñar. Lo único que les interesaba era oírme contar cómo mi madre utilizaba todas aquellas maravillas, cómo disfrutaba con ellas, la vida de reina que llevaba... ¿Y el apartamento donde vivíamos, era grande? Por supuesto que teníamos televisión en color y un magnetófono perfeccionado como con el que soñaba Kamel... ¿Y los muebles? ¿Teníamos de esos armarios en los que se puede meter una casa entera y que están empotrados en la pared? ¿Y la ropa? Mi madre debía poseer sábanas maravillosas, de colores, de flores. Y también teníamos que tener esas acogedoras butacas en las que nos hundíamos para ver la tele y, al alcance de la mano, la famosa mesita de ruedas tan de moda este año en Argel, llena de dulces y golosinas...

En realidad fue Leïla quien describió en mi lugar el apartamento HLM de Pierrefont en el que vivo desde hace quince años. Ella estaba tan convencida de que tenía que ser así, de que no podía ser sino así, que la dejé hablar con el corazón encogido, porque era todo lo contrario, absolutamente todo lo contrario de lo que yo hubiera querido explicarle. Comprendí, entonces, la advertencia de mi madre. Comprendí la trampa en la que cae el inmigrante que vuelve a su país.

Laure, Dominique, hemos hablado mucho entre nosotros, todos estos últimos meses, de los tipos que regresan chuleándose al volante de su cochazo, que incluso se compran gafas de sol Ray-Ban, que exhiben bolsillos rebosantes de billetes de banco y cuentan un montón de patrañas sobre su vida en Francia, cuando han pedido prestada la pasta y el cochazo lo han comprado de ocasión. ¡Cuánto les hemos criticado! Pues bien, esta tarde he comprendido por qué ocurría de ese modo y por qué no podía ser de otro.

He comprendido que Leïla, Faïza y las demás no me pedían sino la posibilidad de soñar un poco. ¿De qué serviría, si no, marcharse tan lejos? ¿Exiliarse? Si no vuelves para contar que allí vives como un duque... Con tus mentiras, tu familia se consuela. Un poco de tu «gloria» recae en ella. Al final, cada uno saca el provecho que quiere. Sueñan. Y aunque saben que es un sueño no les importa. Me pregunto si esos tipos no exageran «a propósito», porque la única dicha que poseen es el momento en que sueltan sus maravillosos embustes ante una serie de gente que lo único que espera es ese momento.

Eso es lo que me ha ocurrido. Después de treinta años de exilio, he justificado a los exiliados. He construido un decorado magnífico. Pierrefont se ha convertido en una vivienda de tres estrellas. He distribuido papeles de protagonista a todo el mundo. De mi padre he hecho un empresario; de mi madre, un ama de casa con todos los electrodomésticos imaginables; de mis hermanos, magos en el arte de labrarse un buen porvenir, y de mí he dicho simplemente la verdad de Anne. Sí, de Anne.

Era suficiente para que creyeran todo lo demás.

Dominique, me siento mal, estoy mal. Me gustaría que estuvieras conmigo, que me explicaras por qué es tan duro, que encontraras una justificación. Por otro lado, también a mí me gustaría encontrar justificaciones.

Djawed, estoy fatal. No puedo más. No hago sino correr detrás de Sélima y me he quedado sin aliento.

Los primeros días tomé todo lo que se me ofrecía, sin seleccionar. Me he acurrucado en un rincón y he creído que ese era mi sitio. Incluso lo he fomentado... Lo que no aceptaría ni de mi padre ni de mi madre, aquí lo he recibido como un maná celestial. Me sometí encantada a la rigidez de mi tío —¡porque es muy rígido!— y al matriarcado de mi tía. Al principio, por ejemplo, pensé que era un juego, un signo de complicidad entre nosotros cuando tía Zara me enseñó a ponerme el *haik* * para salir totalmente tapada por la ciudad. Me parecía misterioso pasar entre la gente sin que ninguna mirada se detuviera en mí. Era como una especie de fantasma blanco, lleno de curiosidad, un fantasma familiar de la ciudad, inte-

* Manto grande blanco que cubre a las mujeres de la cabeza a los pies.

grado en el cuerpo de la ciudad y experimentaba una enorme satisfacción de formar parte del decorado de forma tan sencilla.

Tampoco quise ponerme en contra de la docilidad de Faïza respecto a mi tía. Respeté lo que consideraba digno de respeto. Me abandoné a unas normas, unas reglas contra las que antes me rebelaba... No quise pensar en Djamila. Djawed, ¿te acuerdas de Djamila? Me dije que si Djamila al final había aceptado al tipo que su familia le asignó fue porque a ella le había gustado dejar que la guiaran así. ¡Como si el amor hubiera nacido en su corazón en el mismo momento en que le asignaron al elegido! Y es verdad que parecía contenta el día en que vino a decirnos adiós. Recordé su gesto apacible, sí, seguro que estaba en paz. Y le bastaba vivir su felicidad así, por poderes. En lo que se refiere a Faïza, la experiencia de Djamila me sirvió. Tenía que gustarle estar bajo la férula de tía Zara, si no era imposible. Pensé que una misteriosa satisfacción unía a las dos, una ordenando y otra obedeciendo, con la misma serenidad...

Laure, estoy fatal. ¿Es que Francia me ha cambiado hasta ese punto? No consigo alcanzar la serenidad. No consigo que me gusten estas leyes. Sabía perfectamente que existían, pero yo buscaba lo esencial, el motor de estas leyes, de estas reglas. Creía que buscando lo esencial lograría que todo lo demás fuera soportable e intrascendente, ¿comprendes? Creía que yo también encontraría motivos de alegría, como Djamila, como Faïza... Pero no, me ahogo. Si no me mantuvieran estas reflexiones me habría ahogado. A base de mimarme me han echado a perder. Diría que me dejan sin aire, que no lo soporto. Que Faïza no es feliz. Que mi tía Zara tampoco es feliz. Que hay algo que no marcha. Me gustaría que me lo explicaran. Yo lo tomo todo al pie de la letra. Leïla ha intentado explicármelo. Parece haber comprendido y reniega de todo en bloque. Es una especie de Martine. Según ella, con la realidad no hay nada que hacer. Sueña con la liberación, pero no piensa más que en la suya, la que la conducirá a París por mediación del chico con el que va a casarse. Esta tarde ha venido a verme a mi habitación para decirme:

—Vuelve a tu casa... A Francia. Vuelve ahora mismo y olvida Argel, como yo intentaré olvidarlo cuando esté en París. Quieres conciliar cosas irreconciliables, mi pobre niña... Te estrellarás... No hay nada que hacer, ¡absolutamente nada!

Porque he actuado según mi corazón, impulsivamente, hoy he hecho algo que debe parecer un espantoso crimen. A mi alrededor, esta tarde, todo es consternación. Se me ha dicho con toda claridad que Sélima no es árabe más que de nombre... Aunque Leïla, a escondidas, ha aprobado mi conducta, no cambia nada. Además, la aprobación de Leïla no me hace ninguna ilusión.

Estoy hundida. Completamente desmoralizada y hundida.

Todo ha ocurrido por culpa de Kamel. O gracias a él, no sé si tengo que darle las gracias. Pero ha ocurrido por su culpa, por culpa de su modo de decir «la prima Sélima ama la prehistoria» el primer día. Y también porque casi tiene mi edad, me recuerda a la vez a Djawed y a Dominique y porque le he sentido más cerca de mí, del yo completamente nuevo con el que vivo desde noviembre pasado.

El asunto parece tan estúpido contado así, fuera de contexto no tiene ningún sentido. Pero el contexto existe. Y pesa mucho.

Lo recuerdo perfectamente, el día de mi llegada pensé que el mejor modo de integrarse, de aterrizar realmente en el país sería conocer personas diferentes y no limitarme a la familia y la gente del barrio.

Lo hablamos en Marsella, ¿te acuerdas, Laure? La visita a los monumentos históricos, tradicionales o modernos, se la dejaría a los verdaderos turistas...

Los primeros días olvidé un poco esta idea, es verdad. Porque mi familia y el vecindario me bastaban. No soy bulímica. Y luego tuvo lugar mi encuentro con las mujeres, las de la familia y las del vecindario. Yo, que había sido tan reservada con mi madre, descubría a las mujeres. Descubría que yo era una mujer, gracias a Lalla Setti y a la forma en que me recibían las demás. Mi madre siempre ha pensado que yo debía de ser una especie de chico frustrado, y como de esas cosas no se habla en Pierrefont, debía estar un poco «atrasada» en ese aspecto... Aquí, enseguida se han dirigido a mí como a una verdadera mujer, han envidiado mi «maravillosa edad», han exaltado mis «curvas», me han hecho toda clase de preguntas «indiscretas», sobre mis reglas por ejemplo, y mis infantiles respuestas desencadenaban verdaderas carcajadas. Y, además, las mujeres entre sí hacen alusiones constantemente al placer, hablan de su cuerpo sin ningún apuro, ¡es fantástico!

La idea de que soy realmente una mujer me ha hecho «espabilar». Por fin comprendí por qué Kamel me huía, por qué salía por una puerta cuando yo entraba por otra, por qué siempre «olvidaba» algo cuando nos encontrábamos solos los dos. Por qué no éramos amigos y no podíamos discutir libremente, pelearnos, insultarnos y partirnos de risa juntos.

Por eso le provoqué, ya lo sé, es una tontería, pero no tomaba muy en serio todos los obstáculos que él ponía entre los dos. De acuerdo, yo era una mujer, pero podía perfectamente ser también una amiga, ¿no? Entonces, le lié con la historia de querer conocer a gente diferente, lejos de allí, en la ciudad. Le insistí tanto que conseguí sacarle un «sí» con la boca chica.

Fue antes de ayer por la tarde, justo antes de sentarnos a la mesa. Para darme gusto, todo el mundo comía al mismo tiempo desde mi llegada. Incluso la tía Zara. Era una gran victoria que yo había logrado. Pero no me daba mucha cuenta.

No sé qué fue lo que me empujó. Me parece que quería vengarme de Kamel burlándome de sus reticencias. Sentía que algo no encajaba, que haría mejor en callarme. Pero solté en voz alta:

–Kamel me va a llevar a la ciudad uno de estos días. Me va a presentar a montones de gente. Se lo he pedido yo y él está de acuerdo, ¿verdad, Kamel?

¡Es increíble lo ensordecedor que puede ser el silencio! En el segundo que siguió oí el gesto escandalizado de tía Zara y también el aturdimiento, el estupor, la emoción de los demás, hasta la risa irónica de Leïla. Pero fue la expresión de la cara de mi tío la que cantó más. Estaba petrificado, blanco y rígido como el mármol.

No hubo ni una palabra, ni una exclamación. Vi que Kamel empujaba la silla hacia atrás, se levantaba y se dirigía hacia la puerta. Se cerró tras él y, durante dos interminables minutos, nadie se movió.

Yo no entendía nada. No quería entender. Murmuré mirando a mi tío:

–¿Qué pasa, tío Ferhat? ¿He dicho algo malo? ¿Por qué Kamel...?

Le volvió un poco de color. Luego sus ojos perdieron su fijeza. Se posaron en mí con una especie de piedad y también de incredulidad... No quiero pensar que me despreciaba al mirarme de aquel modo. De pronto me sentí horriblemente culpable. Aquella mirada me recordaba a otra mirada, la de mi padre, la víspera de mi marcha, cuando le enseñé el billete de avión que Larbi acababa de darme. Creo que me eché a llorar sin darme cuenta.

Luego tía Zara me llevó a mi habitación. Yo le repetía:

–No comprendo... ¿He dicho algo malo, tía Zara, qué pasa...?

Ella me daba golpecitos en el hombro y repetía también:

—No es grave, pequeña... No es grave. El culpable es Kamel... Pero no es grave.

—¿Por qué, tía, por qué?

—Eso no se hace, pequeña, Kamel no debió prometerte salir sola con él sin preguntárselo a su padre... Su padre se lo habría prohibido...

—¡Pero he sido yo! ¡Yo le obligué... a... salir...!

Suspiró con un gesto de cansancio y se sentó a mi lado en la cama:

—Eso no cambia nada, la culpa la tiene Kamel... No tenéis malas intenciones, pero él sabe que una muchacha no sale sola con un muchacho sin ir acompañada... Aunque el muchacho sea su primo... ¡Sobre todo si es su primo! Son cosas que no se hacen.

La voz de mi tía se iba haciendo cada vez más firme a medida que repetía la lección aprendida de memoria desde hacía siglos. Tal vez yo también había venido para aprender esa lección. ¿Estaba irremediablemente condenada a aceptarlo todo para que me aceptaran a mí?

Tía Zara habló bastante rato y, a veces, con mayor dureza, dirigida directamente a mí. En un momento dado dijo:

—... ¡No estamos en Francia!

No lo dijo con añoranza. Sino con resentimiento. Me sobresalté y, más secamente de lo que hubiese querido, respondí:

—Créeme, si estuviéramos en Francia, mi honestidad no se pondría en duda y no se organizaría tanto escándalo!

Su resentimiento acababa de despertar el mío. ¡Todas las sandeces que, para alegrarles, había tenido que soltar a propósito de nuestra vida de duques en nuestra vivienda de tres estrellas! Pero a las mujeres no se las toca, ¿verdad? Las mujeres están tapadas con un velo, viven incomunicadas, son propiedad de la familia, ¿verdad? ¡Kamel, eres un imbécil por haberlo dudado un segundo! ¡Tenían que gritar, pegarme si fuera preciso, para hacer que me tragara mis elucubraciones de niña boba! Imbécil...

Me tragué todo mi rencor. Si no, la pobre tía Zara hubiera creído que estaba loca. Me hice pasar por la idiota de pueblo, esa que necesita que le expliquen las cosas diez veces para que le entren un poco en la cabeza. Hice como que me escandalizaba:

—Pero tía, Argel es una gran ciudad a pesar de todo y Kamel es mi primo...

Suspiró varias veces y todos sus suspiros eran ya una respuesta.

—Claro, claro... Pero estamos rodeados de malas lenguas, ¡las viejas del barrio son terribles!

Pensé en Lalla Setti: ella tampoco debía ser comprensiva con las demás.

—Si salieras con Kamel pensarían que sois novios inmediatamente. Entonces nuestra familia perdería su credibilidad si... Si...

—Si me marchara sin ser realmente novia de Kamel, ¿es eso?

—Sí, pequeña, eso es.

—Perdona, tía, pero he visto en la ciudad montones de chicas con chicos, ayer mismo en correos. No llevaban velo y nadie se les echaba encima...

—Bah... Esas chicas ¡son universitarias!

No sé lo que me impresionó más: su gesto o el tono en que lo dijo. No me atreví a pensar en el sentido que tenía para ella la palabra universitaria.

—Pero el año que viene yo también seré universitaria, tía Zara —dije dulcemente.

—Si Dios quiere, sí... Pero en primer lugar estarás en Francia, no es lo mismo... Y además, tú eres una hija de familia, no cualquiera de esas chicas que se pasean por ahí con las piernas desnudas y maquilladas como una...

Tantas contradicciones confesadas con tanto candor me desarmaron completamente. Mientras volvía a su retahíla, comprendí que mi tía podía al mismo tiempo considerar a todas las universitarias como «perdidas» y alentar la vocación universitaria de su sobrina invocando al Buen Dios, condenar a Francia y mi educación demasiado libre mientras me ordenaba que prosiguiera tranquilamente mis estudios...

Lo sé, debí aprovechar ese momento para intentar convencerla. Mi tía no es tonta. Seguramente hubiera entendido mis explicaciones... Pero estaba muy abatida. No dije nada. También por cobardía me callé.

En realidad, me he comportado muy torpemente en todo este asunto.

Pero compréndeme, Djawed, su actitud me parecía tan grotesca, tan irrisoria... Sus ideas sobre las hijas de familia y las que no lo eran. Sobre las hijas de familia y las que... Sólo tengo dieciocho años, respeto a mi tío y a mi tía. Su hospitalidad, su generosidad para conmigo y también su sensatez en la vida diaria me han impresionado y muchas veces me he sentido más cerca de ellos que de mis propios padres...

Pero no puedo aceptar verme reducida al papel de joven pasiva. No puedo ver a Faïza y a Leïla llenándose la cabeza de lavadoras automáticas. No puedo oír a tía Zara afirmar que las «universitarias» son chicas perdidas... No he podido.

Así pues, al día siguiente —o sea ayer— decidí ponerles entre la espada y la pared. Actué impulsivamente, lo sé, y esta tarde todo el mundo está hecho polvo en la casa. Pero no me arrepiento de nada. No, juro que no me arrepiento de nada.

Fue muy fácil. Nadie en la casa hubiera imaginado que yo pudiera hacer una cosa semejante después de lo que acababa de pasar: irme sin mirar atrás y completamente sola a perderme por la ciudad, acumular el máximo de emociones, encontrar mis propias referencias. Yo misma, todavía ayer, no podía creerlo.

Compréndeme, Djawed: estaba en Argel desde hacía quince días... No me quedaban más que cuatro y unas cuantas horas antes del regreso y, aparte de los paseos en coche por los alrededores de Argel, Tipaza, Cherchell, la tumba real mauritana, el arroyo de los monos, las compras con mi tía, uno o dos museos —si insistía mucho—, no había posibilidad de ver y vivir nada. Así es. Nadie puede hacer nada. Mi tío trabaja todo el día y de las mujeres, es mejor ni hablar. Quedaba Kamel... ¡Y ya sabes lo que pasó!

Y yo no hacía sino soportar la insaciable curiosidad sobre la moda y los planes de adelgazar en Francia de Leïla, las preocupaciones domésticas de tía Zara, la amable adoración de Akila que me pediría por enésima vez que le describiera mi Liceo, mi clase, mis compañeros y mis profesores, ¡estaba harta!

Si al menos hubiera podido hablar con ellos, si yo también hubiera podido agotar mi insaciable curiosidad... Pero me respondían «que no había nada interesante que decir, que la vida de familia y el trabajo de cada uno eran los mismos en todas partes y que, además, no había que preocuparse de todo eso, pues ya había personas capacitadas para encargarse de los asuntos serios».

Entonces, me fui a comprobarlo con mis propios ojos. Dejé una nota encima de mi cama para que no se preocuparan. Y hacia las nueve de la mañana, cuando mi tío se preparaba para ir a su tienda, le pregunté si podía acompañarle «para tomar el aire mientras volvía a casa».

—¡Trae el pan! —gritó mi tía desde la cocina.

¿A quién iban a preocuparle los cientos de pasos que haría sola entre la tienda de tejidos de mi tío y la casa?

Estaba muy excitada. Unos minutos más y empezaría la aventura con una A mayúscula como Argel, como Actuar, como Alianza, Ancla y Amiga. Contaba con algo imprevisto. El chasquido, del que te hablé al principio, es imposible reconocerlo cuando tienes que mirar a tu alrededor con ojos de «prima-de-vacaciones-con-su-familia». Ves borroso porque te han explicado de antemano cómo y dónde mirar. Mi familia tiene la vista cansada, es miope por naturaleza. Con ella, es imposible perderte.

Quería caminar sin una meta fija, llenarme los ojos, los oídos, la nariz. como no soy árabe más que de nombre —me lo han hecho comprender— ¡tenía que aprender a serlo también de lo demás! Así que me escapé.

¿Te parece que estoy majareta? ¡Fugarme en Argel! Quizá. Pero ya he conocido demasiado el gueto en Pierrefont. Dieciocho años de Pierrefont con su variante el Liceo Baudelaire. Es verdad que hubiera tenido que ser alcanzada por la lepra, la sucia lepra: el mal del gueto, esa angustia que se te agarra a las tripas cuando te arriesgas a salir al exterior, para ver si... Lo comprendí a tiempo... No era cuestión de volver a empezar en Argel el mismo círculo vicioso: casa-mercado-tienda y vuelta, adivinar el mar entre dos empalizadas, adivinar la ciudad desde la terraza, adivinar a la gente desde el balcón. La misma lepra, ¡no, gracias!

Pero no te preocupes, sabía adónde ir. Ya había vislumbrado algunas zonas interesantes a través del cristal del coche, o durante una visita relámpago, tipo las de la Guía Azul... Un rincón fantástico del *Jardín d'Essai,* por ejemplo. Un bosque ecuatorial donde yo me instalaría con un bocadillo y unos pinchitos de hígado y de riñones de cordero, un festín. O bien el muelle Kheir ed Dine, cerca de la Comandancia de Marina, con el puerto pesquero abajo y delante la vieja Kasbah, la ciudad en forma de «piña» y sus «cien mezquitas...» Como ves, no tenía ningún problema.

Así que me fui a la aventura. Dije adiós a mi tío, que ya estaba detrás del mostrador, y me marché sin mirar atrás.

Al principio no vi nada. Me zumbaban los oídos, caminaba sin rumbo, con la vista nublada. Fui temblando hasta el límite del barrio.

Después olvidé hasta la idea del regreso.

Y un poco después encontré la aventura. Tenía una forma triste y maligna. Vagaba como yo por la Kasbah y mi escapada estuvo a punto de terminar allí, en un callejón sin salida lleno de puertas bajas, verdes y rosas, y azulejos desgastados cubiertos de carteles. Tenía la forma de dos chicos brutales y tristes. Hablaban muy alto en árabe mientras me iban acorralando. Lo que querían era, por un lado, mi bolso de bandolera y, por otro, acostarse conmigo al fondo del callejón. Que me tomaran o no por una extranjera no importa. Era yo la que me sentía extranjera buscando palabras para convencerles, ante la indiferencia de los escasos transeúntes para los que yo no debía tener «sino lo que me merecía».

Sabía perfectamente que no les dejarían llegar hasta el final. Un hombre, que hubiera podido ser mi tío, se acercó para ahuyentar a los chicos, dos artesanos habían salido al umbral de sus puertas gritando, pero yo era la humillada, yo la víctima, la que había tenido la culpa de todo.

Entonces, a pocos metros de allí, descubrí las letras de oro: «*Hammam*»*. Como «Sésamo». Otro sobre verde viejo, la puerta ojival. Me metí allí jadeando, con el miedo todavía oprimiéndome el estómago, muerta de vergüenza.

Detrás de la puerta todo me dio vueltas. Tenía un canguelo espantoso, temblaba de la cabeza a los pies pero —ahí está la magia— una anciana me trincó por el brazo gritando que era un escándalo ir a los baños en ese estado, sin velo, sin toalla y, para colmo, sola...

—¡Nada! ¡No lleva nada encima!

Me sentí empujada, arrastrada sin contemplaciones hacia una estancia en la que la anciana me ordenó que me desnudara. Era una estancia de mármol rosa, con bancos como los de los jardines públicos, ¡auténtico! ¡Hubiera dado un beso a la anciana! ¡Estaba fantástica, envuelta de arriba abajo en una inmensa toalla de baño! ¡Majestuosa!

... Después, me perdí en el vapor del baño y el rumor de las conversaciones. Vi mujeres en cuclillas ante su cuba de madera, con la escudilla plateada en la mano, sacando agua caliente. Las risas de los niños bajo las manos expertas que les frotaban. Las oscuras bóvedas que resonaban. Y esa atmósfera de agua que corre, que chorrea sobre los cuerpos...

Un poco más tarde, una anciana me pidió que

---

* Baño público.

le frotara la espalda. Era un antiguo honor en la casa. Y yo había sido la elegida por aquella anciana llena de arrugas, muslos delgados, que no sonreía como las demás, con tatuajes azules y roja de *henna**. Una especie de ídolo apacible que buscaba una muchacha que le frotara la espalda.

Me importa tres pepinos saber si fui elegida al azar, porque pasaba por delante de ella en ese momento. ¡Me da exactamente igual!

—Ven aquí, pequeña. Frótame la espalda —me dijo.

Y se la froté durante no sé cuánto tiempo. Seguro que demasiado. Normalmente, es una tarea que corresponde a las muchachas jóvenes. Recordé que Lalla Setti había querido llevarme al *hammam* un día; tía Zara se había negado: «el *hammam* era bueno para las ancianas y en ocasión de ciertas ceremonias», había respondido. En la casa había un cuarto de baño que había costado muy caro y había que amortizarlo. El baño privado, las mujeres en casa, ya ni siquiera el *hammam* servía de pretexto para salir...

Así pues, froté a la anciana como hubiera frotado a Lalla Setti. Y me integré sin esfuerzo en el conjunto: en el mármol de las paredes, en los arabescos polvorientos de las columnas, en los colchones dispuestos para el descanso, hasta en el té concentradísimo bebido durante las pausas.

Y cada vez que la arpía de la entrada pasaba por delante de mí me lanzaba miradas despectivas y exclamaba:

—¡Y no ha traído toalla! ¡Ni siquiera ha traído toalla!

---

* Polvo de origen vegetal con el que las mujeres se tiñen el pelo y a veces la palma de las manos y de los pies.

Cuando me encontré fuera de nuevo respiré hondo el aire que venía del mar. Veía un trozo al final de la escalera que descendía muy empinada hacia el puerto, más allá del callejón. Estaba muerta de hambre. Eran casi las dos.

No me arrepentía de mi escapada. Durante todo el día estuve alternando entre realidades que pueden confundir cuando se miran las cosas con tosquedad. La agresión de los dos chicos era otra pieza del puzzle. La miseria. La farsa. Aquel día la vi, Djawed. Es duro. Venden precipitadamente lo que acaban de birlar para comprarse unos vaqueros que llegan de Francia a precios desorbitados. O también ligan con las turistas, sin dejar de insultarlas: «Me río de ti y te hago la puñeta y la provocadora eres tú, aunque la falda te llegue a los tobillos, si no comes sémola durante toda la semana y, de postre, un trozo de pan untado con aceite y azúcar...»

En algunos momentos, eché de menos el velo. Bueno, no, no es verdad. No quiero echar de menos el velo. No tengo ganas de llevarlo. Tampoco prohíbo a nadie que lo haga. Del mismo modo que no obligo a los hombres a ponerse el turbante y la gandura*

* Especie de túnica que utilizan los hombres.

cada vez que abren la puerta de su casa para salir...

La mirada de los hombres por la calle es un atentado a la libertad. Y tú tienes que ponerte a salvo de ella permaneciendo encerrada en casa. ¿Te das cuenta de la paradoja? Y si no hay más remedio –teniendo en cuenta que hay que comer y, por tanto, que hacer la compra–, te encierras en un velo tupido, que no es sino una especie de prisión ambulante. Y sobre todo, mira sólo al frente, porque además a la mirada, a tu mirada, le está prohibida la expresión.

Yo no quise tenerlo en cuenta. Quise pasear hoy con una especie de mirada doble: una que viera lo que quisiera ver y otra disimulada, que pareciera no ver nada...

Proseguí mi paseo hasta el puesto pesquero. Los tíos que están trabajando no te ven. Te conviertes en un insecto en el muelle. El trabajo es muy duro. Me instalé al sol para observar a los hombres trabajando. Porque los hombres de mi país trabajando se vuelven diferentes. Cambian de mirada. Quizá los dos chicos que me habían agredido estaban allí, armando jaleo en el puerto. Un viejo me regaló una naranja.

Más tarde, me encaminé al *Jardín d'Essai* pasando por el centro de la ciudad. El edificio de Correos está situado en el centro geográfico de Argel. Por la derecha, llegas a la Kasbah y a Bab el Oued, el barrio popular. Por la izquierda, a los barrios elegantes e intelectuales. La frontera está clara. Ni siquiera en Argel se puede uno equivocar de acera.

Cerca de Correos estuve a punto de coger un autobús abarrotado, pero había una multitud de viejas con la cabeza descubierta –su edad les ha permitido salir de la cárcel– que gritaban para pasar las primeras. Se vengaban de haber perdido su juventud y era un triste espectáculo ver que nadie podía comprenderlo. No insistí.

Y fue en ese momento, exactamente en el momento en que me alejaba del autobús, cuando vi a Kamel. Y él me vio.

Avanzaba en compañía de una chica y de un chico. La chica se estaba riendo sin velo, joven, guapa, hubieras podido ser tú, Laure. Llevaba unos vaqueros ajustados que le sentaban muy bien.

No me moví. Durante el tiempo que tardaron en llegar donde yo estaba no me moví. Kamel me hizo volver cien años atrás.

Entonces pensé en mi escapada. Me había marchado por la mañana, a las nueve, y lo había olvidado.

No sé lo que pasó por mi cabeza. Sentí que una cólera sorda me subía a la garganta. Y asco. No exactamente por la cobardía de Kamel ante su padre la antevíspera. Eso, más o menos, podía comprenderlo. Pero, con respecto a mí, desde hacía diez días, ¿de qué clase de cobardía se trataba? Acaso no hubiera podido decirme: «Escucha, Sélima, eres mi prima, no puedo hacer nada por ti en este momento. Quizá más tarde... Pero no podemos ser amigos tú y yo, por culpa de la familia, no es posible, compréndelo...» Y en lugar de eso, los silencios, las huidas, las reticencias, como si no pudiera disociarme del resto de la familia...

Respiré hondo y dije:

–Hola... ¿Me presentas a tus amigos? –insistiendo en la palabra «amigos».

Hubo un instante de vacilación durante el intercambio de apretones de manos. Luego intuí que él iba a decir tonterías. Me adelanté.

–Por favor, no me hables de mi escapada... invítame a tomar algo. Estoy muerta de sed.

Y me volví hacia los otros dos.

–Me fugué esta mañana... Me escapé de casa

de los padres de Kamel para pasear por Argel tranquilamente.

—¿Y... qué tal? —dijo la chica, que se había quedado como pasmada.

—¡Estupendamente...! Me han agredido dos tipos que querían violarme y robarme. He frotado la espalda a una anciana en el *hammam*. He tomado el sol en el puerto pesquero y un viejo me ha regalado una naranja... Me han pasado otras cosas, pero tengo demasiada sed. ¿Vamos?

Lo dije exactamente así.

Un poco más tarde, sentada a la sombra de unos plátanos en un café de la Universidad (los únicos cafés de Argel en los que he visto chicas son los que están alrededor de la universidad), esperé la respuesta. No se hizo esperar. Kamel atacó inmediatamente:

—Mi padre ha estado a punto de llamar a la policía. Todo el mundo está preocupadísimo en casa... ¿Te das cuenta de cuál es la realidad, Sélima? —hizo un gesto hacia la calle por donde pasaba un grupo de mujeres tapadas con velos—. Estás llena de buenas intenciones, corres de un lado a otro a la búsqueda de tradiciones... ¡pero también las tradiciones están ahí!

Yo esperaba más bien una bronca de hermano mayor mientras me llevaba a casa de una oreja. ¿Se contenía Kamel por la presencia de sus amigos?

Desde hacía un cuarto de hora le detestaba. En realidad, desde que había visto a su amiga. De ahí el que le incitara a que me invitara a tomar algo. Y me apetecía llegar todavía más lejos. Sus argumentos no me impresionaban. Todavía no.

Me apoyé contra el respaldo de la silla:

—Ahora, escúchame, Kamel Jelloud, y no interpretes lo que voy a decir al revés... Porque hay ciertas cosas que quiero decir desde ayer y quizá desde hace más tiempo... Escucha bien y no inviertas los papeles: la que tendría que estar furiosa ¡soy yo!

Seguramente piensas que con gente como yo el Magreb no avanzará un palmo. Y yo creo que no será con gente como tú como saldrá de su situación actual. ¡Está clarísimo!... No me interrumpas, no he terminado... Tú eras la única persona que podía servir de intermediaria entre la familia y yo. Podías haber aprovechado mi estancia para provocar una discusión sobre el ambiente asfixiante de la familia... Ya que, al parecer, fuera de tu casa, no defiendes el velo... Yo te hubiera ayudado. ¿Recuerdas el primer día lo bien que empezó todo? Hasta te hizo gracia ver la cara de tu padre y tu madre después de la escapada a la Kasbah... Pero era el primer día... El primer día, al invitado puede permitírselo todo, ¿verdad?... Pero después, Kamel, después, ¿qué pasó? Te comportaste como un Hermano Musulmán, y con hipocresía encima porque, al menos, los Hermanos Musulmanes llaman al pan pan y al vino vino... ¡Y pensar que al principio yo creía que eras tímido o demasiado respetuoso con tus padres! Me has dejado que me defienda yo sola de la asfixia... Pero yo, Kamel, había venido para descubrir mi país y no para visitar a la familia.

En ese momento, el amigo de Kamel tomó la palabra. Kamel había bajado los ojos y en su cara no había ninguna expresión.

—Perdona —dijo el chico—. No te conozco, pero conozco a Kamel... Su familia se parece a la mía. Lila —señaló a su amiga con la barbilla— tiene más suerte. Lo que tú no comprendes son las innumerables contradicciones con las que topamos, y...

Interrumpí al muchacho y sus análisis intelectuales que no venían a cuento. Lo que más me exasperaba era el énfasis de las palabras. Y, además, quería que Kamel reaccionara.

—¡Me importan un bledo las contradicciones! Las contradicciones existen en todas partes. ¡En Francia hay montones y grandes como montañas! Pero allí no fingimos no verlas para que no nos hagan daño...

¡Ay! Djawed, después de diez días de mutismo absoluto necesitaba desahogarme. Me volví otra vez hacia mi primo.

–No son las contradicciones, Kamel, lo que te reprocho. Pero, por favor, ¿por qué ese silencio entre nosotros, di? Ni un gesto de solidaridad, nada, como si realmente yo formara parte del cuerpo de tu madre... Sentí que me volvía intocable, ¡qué estupidez! Tú y yo reproducíamos las mismas relaciones que nuestros padres... Yo era una mujer, tú un hombre: entre nosotros, el muro... Justo cuando los dos juntos hubiéramos podido cambiar algo... Y tuve que actuar sola...

Mi alteración empezaba a ceder. Lila parecía aburrirse. Kamel miraba hacia los coches y la calle. Seguía igual de inexpresivo. Fue de nuevo su amigo quien tomó la palabra.

–Has actuado sola, sí... Es fácil llenarlo todo de mierda como tú has hecho y luego largarse... Ahora tú vuelves a Francia...

–Perdón, la mierda por lo menos es algo... Es mejor que el estreñimiento en el que estáis todos... La mierda es un signo de vida, el estreñimiento surge cuando el interior del cuerpo ya está enfermo y se muere, ¿no?... Y además, ¿quién te dice, Kamel –me dirigía a él, sólo a él. Notaba que algo no funcionaba desde el principio. Por otro lado, no parecía estar resentido conmigo–, quién te dice que yo quiero quedarme en Francia toda mi vida?

Esta vez él tomó la palabra. En el momento en que abrió la boca le vi como el primer día, cuando soltó a su familia: «la prima Sélima ama la prehistoria». Y tuve miedo de lo que iba a decir.

–Yo, en tu lugar, me quedaría allí... Jamás podrás adaptarte a este país... Tienes mentalidad de francesa –se detuvo un segundo antes de proseguir más calmado porque debió advertir mi sobresalto–. Sólo te interesa la prehistoria... Si tuviera que justificarme, diría que mi cobardía no es otra cosa que paciencia. La paciencia es mi cultura, y no la tuya, no la que te han hecho asimilar allí... Y está también el cansancio. Estamos cansados de antemano, es verdad... Por ejemplo, al ver que la pasta es tan importante aquí como en todas partes. La pasta y las tradiciones, qué mezcla tan extraña... La mayoría de nosotros se ríe de las tradiciones, pero no de la pasta. También los hay que cargan las tintas sobre el folclore, cosa que no es mucho mejor... Otros buscan la solución en otra parte y se van muy lejos: a América, a Rusia, a China... Y tú, tú eres más francesa de lo que crees y al final es lo mismo... Mi complicidad contigo no hubiera servido para nada... Dices que yo podía haber sido un intermediario, pero no habría sido sino una pantalla protectora entre tú y mi familia...

En ese momento no entendí nada. No quería entender. Tragué saliva.

–Entonces... ¿Quieres decir que... has dejado que las cosas pasen sin intervenir, a propósito? ¿Para que me diera cuenta de que era imposible? –pregunté con voz débil.

–Quizá sí, creo que sí –Kamel bajó la cabeza con expresión molesta; luego continuó muy deprisa–: Creo que no estás hecha para vivir aquí, Sélima... No sé cómo decírtelo... Pero en ti hay algo fundamentalmente extranjero. No es una crítica, compréndeme... Reconozco que puede parecer una frivolidad pensar eso, una forma de cobardía. Por lo demás...

–¡Pero que haya nacido en Francia no quiere decir nada!

Tuve una impresión como de pánico. Sentía que estaba a punto de desdoblarme. Kamel se estaba dirigiendo a otra. Anne, todavía un fantasma, miraba de repente a las mujeres cubiertas con velos sin comprender y sonreía a Sélima un poco irónicamente. Estaba claro que Anne no tenía el menor deseo de abandonarme, ahora que la habían convocado.

—¿Por qué... por qué hablar de eso ahora? —murmuré.

—Porque te vas a marchar —dijo Kamel.

Luego se levantó y volvimos juntos. Ya no tenía ninguna importancia. Aunque no me arrepentía de mi escapada. Y sentía que Kamel, en el fondo, la aprobaba.

¿Recuerdas, Djawed, que cuando te dije en el hospital que me iba a Argelia y que quería vivir allí, me respondiste que si descubría que hacía bien fuera a decírtelo? ¿Te acuerdas?

No sé si he hecho bien. Esta noche todavía no puedo responder. Sólo sé que tengo algunas razones para estar aquí y para sentirme bien aquí... Pero también las hay a montones para estar mal, porque me pregunto si las razones para estar aquí no son sino pretextos para huir de Anne y de Francia.

Quizá soy Sélima en Argel porque Anne se ha quedado en Marsella. Quizá cuando aterrice en Marsella me faltará toda esta parte de mí, la Sélima que se ha quedado en este país; pero sabré que está bien allí donde esté. ¡Como ves, es un extraño batiburrillo!

Esta noche mi familia de Argel se siente muy desdichada. No comprenden mi fuga y no puedo explicarles lo que buscaba.

Lo más extraordinario ha sido el encuentro con Kamel. Ha puesto en tela de juicio todo lo demás. Si no se hubiera producido, quizá Sélima hubiera encontrado otras respuestas. Pero precisamente Sélima se había escapado para provocar encuentros. ¡Es muy complicado!

No puedo explicar a Lalla Setti que amo en

ella a la anciana del *hammam,* aquella a la que froté la espalda.

No puedo decir a Leïla que se equivoca al querer ir a vivir a Francia, que comete un error al querer imitar a las mujeres de las revistas, fantasmas más irreales todavía que las que cruzan la calle delante de nuestras ventanas.

Ni a Leïla, ni a Setti puedo explicarles esas cosas. Tampoco puedo decir a Faïza que su serenidad es sólo aparente, que ella no sueña sino con una cosa: vivir sin suegra, sola con su marido allá en el sur, aunque sea en medio del desierto, a la sombra de las torres de los pozos de petróleo.

Aunque la quiero mucho, no puedo convencer a mi tía Zara de que todos los cuartos de baño del mundo jamás valdrán lo que el pequeño *hammam* con su mármol rosa estropeado y sus bancos de jardín público.

Del mismo modo, jamás podré hacer comprender a mi tío Ferhat que se equivoca al querer marcharse de Bab el Oued para vivir en Hydra y que pertenece a una generación completamente perdida.

¿Y a quién podría explicar que todavía no he acabado de ser totalmente Anne, ni totalmente Sélima? Debe de haber otros en mi caso, pero eso tampoco resuelve la cuestión.

Sólo una cosa es cierta: lo que responderé esta tarde al aduanero de cara de hurón. Le diré que me llamo Anne aquí y Sélima allí. O al revés. ¡Qué importa!

Y espero que cuando mi familia –padre y madre, tío y tía, primos y primas– lea estas líneas comprenderán mejor todo lo que jamás me he atrevido o he podido decirles.

Este libro se terminó de imprimir en los talleres gráficos de Unigraf, S. A., Móstoles (Madrid), en el mes de noviembre de 1995, habiéndose empleado, tanto en interiores como en cubierta, papeles 100% reciclados.